FRED BREINERSDORFER

Das kurze Leben des K. Rusinski

SERIE PIPER

Zu diesem Buch

Jean Abel, in den Fernsehfilmen des ZDF verkörpert von Günter Maria Halmer, hat seinen Job als Privatdetektiv aufgegeben. Kunden gab es nur selten, Honorare noch weniger. Da nimmt er lieber die Referendarstelle bei der Stuttgarter Staatsanwaltschaft an – mal sehen, was kommt. Und schon wächst ihm ein erster Fall zu: Ein bislang unbekannter Toter wird von ihm identifiziert, denn es ist ein alter Bekannter aus seiner Studentenzeit: Rusinski, genannt Ruski, eine stadtbekannte Figur, arbeitslos, vorbestraft. Ruski handelte mit allem und jedem, von Drogen bis hin zu Informationen. Und jetzt hat ihm ein Unbekannter eine Kugel verpaßt. Fememord, vermutet das LKA, und Staatsanwalt Luther leiht Abel an die Terrorfahndung aus. Der unkonventionelle Abel ist genau der Richtige, die Szene auszuleuchten. Doch dann bekommt es Abel mit echten Profis zu tun.

Fred Breinersdorfer, geboren 1946, studierte in Mainz und Tübingen Jura und Soziologie. Nachdem er lange eine Doppelexistenz als Anwalt und Autor geführt hat, ist er seit einigen Jahren nur noch im schreibenden Fach tätig. Da aber seine Figuren, sei es in Tatort- oder Abel-Krimis oder in Dokumentarstücken – legendär »Der Hammermörder« –, fast ausschließlich mit Rechtsbrechung oder -beugung befaßt sind, ist er seinem Metier doch treu geblieben.

FRED BREINERSDORFER

Das kurze Leben des K. Rusinski

Ein Fall für Abel

Piper München Zürich

Dieses Buch erschien zuerst 1980
im Rowohlt Taschenbuch Verlag.

Von Fred Breinersdorfer liegt in der
Serie Piper außerdem vor:
Reiche Kunden killt man nicht (5668)

Durchgesehene Taschenbuchausgabe
Februar 1998

Umschlag: Büro Hamburg
Simone Leitenberger, Susanne Schmitt, Annette Hartwig
Foto Umschlagvorderseite: Erika Hauri
Foto Umschlagrückseite: Ute Wolff
Gesamtherstellung: Ebner Ulm
Printed in Germany ISBN 3-492-25669-4

Mittwoch, 5. August

An einem der wenigen heißen Tage dieses Sommers betrat Abel das schmucklose Gebäude der Staatsanwaltschaft in der Neckarstraße in Stuttgart.

»Ihren Ausweis bitte«, sagte ein Polizeibeamter ungewohnt höflich.

Abel betrachtete sich irritiert in der grünlich schimmernden Panzerglasscheibe, hinter der der Zerberus der Strafverfolger wachte. Er hatte sich aus gegebenem Anlaß so gekleidet, daß man ihn leicht für einen Anwalt halten konnte, denn er trug einen selbst aufgebügelten Schlips. Abel kramte in der Tasche und zog aus seinem Geldbeutel das konkav verbogene Dokument und schob es durch den Schlitz unter dem Panzerglas. Der Polizist studierte umständlich die Legitimation, notierte Namen, Geburtsdatum, Ausstellungsbehörde und Nummer, ehe er fragte, zu wem Abel wolle.

»Staatsanwalt Luther.«

Der Beamte wählte eine Nummer: »Erwarten Sie einen Herrn Abel?« Als dies bejaht wurde, drückte er einen Summer. Abel trat durch die massive Drehtür, von der man nicht wußte, ob sie Übeltäter vom Eindringen abhalten sollte oder die Flucht von Ganoven verhindern. Ein kühler Gang. Frisch renoviert. Noch ohne Behördenmief, der sich bald ausbreiten würde, wenn die Abdeckfolien und die Farbkübel erst einmal wieder entfernt waren. Abel suchte das Zimmer des Staatsanwalts, zu dem er bestellt war. Es war exakt 9 Uhr 30. Üblicherweise ist Abel selten so pünktlich. Er klopfte an eine der Türen.

»Herein!«

Abel öffnete und sah einen kleinen, korpulenten Mann von knapp vierzig auf sich zukommen, der einen korrekten Anzug trug, mit Fliege und weißem Hemd, der Kragen war trotz der Hitze geschlossen.

»Luther.«

Der Mann streckte die Hand aus. Abel hatte einen weichen Händedruck erwartet, doch Luther packte seine Finger weit vorne und quetschte sie zusammen.

Abel stellte sich vor und wurde auf einen Stuhl komplimentiert, der mitten vor dem Schreibtisch stand und so aussah, als hätten auf ihm schon eine Menge Beschuldigte beim Verhör geschwitzt. Luther wieselte um einen beeindruckenden Schreibtisch und ließ sich auf seinem Sessel nieder. Hinter ihm schien die Morgensonne grell durch weiße Stores. Er musterte den Mann im leicht verknautschten Anzug ihm gegenüber.

»Nä, dat man auch mal einen gestandenen Mann als Referendar kriegt.« Der Staatsanwalt nickte, und Abel wußte nicht, ob er zur Antwort lächeln sollte. Luther war Westfale. »Ich freue mich, daß ich zur Ausbildung einen so bekannten Privatdetektiv a. D.«, eine Pause, der Staatsanwalt grinste, »a. D. ist doch richtig?«

»Schon«, sagte Abel, ohne sich festlegen zu wollen.

Luther sah seinem neuen Referendar gerade in die Augen. Das gefiel Abel.

»*Bekannter* Detektiv?« fragte Abel, der seinen neuen Ausbilder noch nicht einzuschätzen vermochte.

»Na ja, immerhin ham Se mal der Kripo arg mitgespielt, dat spricht sich rum.«

»Ach so.« Abel war nicht sicher, ob der Staatsanwalt ihn nur einwickeln wollte.

»Und jetzt bei Vattern Staat untergekrochen?«

»Es ist nur so etwas wie ein Versuch«, sagte Abel und zuckte mit den Schultern.

»Wieso?«

»War nichts, dieser Job als Privatdetektiv. Bei den Amis ist das besser. Die haben dort Lizenzen, Autorität. Nein, bei uns taugt das nichts. Da fällt nur ab und zu eine Ehegeschichte ab, schmieriger Kram, stundenlang vor Hotels im Auto rumhängen, bis man ein Foto schießen kann, oder für einen Hunderter Kündigungsgründe für Arbeitgeber sammeln. Zuletzt sollte ich einen entlaufenen Hund suchen – ein mieser Job.«

»Ham Se denn nicht gut verdient?«

»Nur Schulden.«

»Aber dem Kommissar Watrin hamse ordentlich Schwierigkeiten gemacht«, bohrte Luther.

»Hätte ich mir lieber was anhängen lassen sollen? Einen Mord? Heute lacht man vielleicht drüber, aber damals habe ich ganz schön geschwitzt, bis ich den Kopf aus der Schlinge hatte ...«

»Und dem Watrin einen Mörder frei Haus geliefert.« Der Staatsanwalt schubste eine Akte über den Tisch. »Ich hab die Sache damals angeklagt, hier. Zehn Jahre hat der Rechtsanwalt Wolf gekriegt, ganz schön wenig, auch für meinen Geschmack, wenn Se mich fragen.«

Abel zog ein verächtliches Gesicht. »Und Watrin?«

»Eine auf'n Deckel, aber nicht zu heftig. Irren ist ja menschlich.« Luther lehnte sich zurück. »Und aus dem Privatdetektiv ist jetzt ein flotter Rechtsreferendar geworden?«

Abel nickte und wiederholte mit skeptischem Ton das Wort. »Flott?«

»Is auch besser so«, fuhr der Staatsanwalt fort, »wer

ein Studium abgeschlossen hat, der soll auch weitermachen auf dem Weg, den er eingeschlagen hat. Ein Jurist ohne zweites Staatsexamen ist nun mal wie der Schwarze Ritter ohne Arme in ›Coconut Knights‹.«

Abel wunderte sich, daß der bieder wirkende Staatsanwalt Monty-Python-Filme sah.

»Und vor das zweite Examen hat der Gesetzgeber den Referendardienst gesetzt. Das ist gut so, weil Referendare in der Lage sind, Staatsanwälte zu entlasten.«

Abel zuckte die Achseln. Der Job bei Luther roch nach Arbeit.

»Immerhin kriegen Se fast zweitausend netto, und das für einen Halbtagsjob, nä, dat is besser, als so auf eigene Rechnung rumvegetieren.«

»Na ja«, sagte Abel. Und dann: »Fürs Leben reicht's.«

»Sie sind gut!« Luther lachte. »Ich muß mit kaum dem doppelten Frau, Kind und Hund durchbringen. Da langt's auch nur für'n Opel und Urlaub mit Neckermann.« Er zog eine Akte zu sich herüber. »Und hinterher?« fragte er.

»Erst mal sehen, ob ich das zweite Examen schaffe«, sagte Abel skeptisch. Er war kein Prüfungstyp. Daß das Gehalt als Beamter auf Widerruf für zwei Jahre Perspektive genug für ihn war, das, fürchtete er, würde der Staatsanwalt, trotz seiner Neigung für Monty Python, nicht verstehen.

Luther fragte weiter. »Anwalt?«

»Vielleicht.«

»Nä, dat wär nix für mich.« Luther winkte ab. »Ich muß wissen, wieviel ich mit sechsundvierzig hab und wieviel mir bleibt, wenn ich zweiundsechzig bin, nä!« Er lachte wieder und schlug die Akte vor sich auf. Abel beugte sich vor, um besser sehen zu können. Er wußte, daß jetzt das begann, was man bei der Justiz für angehende Richter, Staatsanwälte, Verwaltungsbeamte und Rechtsanwälte mit dem anspruchsvollen Wort »Ausbildung« belegte. Bringen wir's hinter uns, dachte er und blinzelte in die Sonne.

»Der Indem-Satz«, sagte Luther und deutete auf ein Blatt in der Akte, »das haben wir schon im Einführungslehrgang gehabt.«

»Ja«, murmelte Abel ohne innere Teilnahme.

»Also«, fuhr der Staatsanwalt fort, »der Indem-Satz leitet sozusagen die konkrete Beschuldigung des Angeklagten im sogenannten Anklagesatz ein. Der Indem-Satz, dat is die hohe Schule der Formulierung einer Anklageschrift. Alles in einem Satz, im Konjunktiv, auch wenn dat Janze über mehrere Seiten geht, dat zwingt zur Konzentration auf det Wesentliche. Dat ist wie bei nem juten Film. Da kriegste auch nur dat Wesentliche gezeigt. Kinogehen is jut für Juristen.«

Abel nickte. Endlich war mal etwas, was er gerne tat, gut für Juristen. Anders als Boulespielen, Billard, Riesling und Flirten. Na ja, vielleicht fiel dem runden rosigen Staatsanwalt auch dazu was ein.

»Probieren Se mal«, sagte Luther und begann mit Abel einen einfachen Satz zu memorieren: »Gustav Gut wird angeschuldigt, er habe versucht einen Menschen zu töten, indem«, sein Zeigefinger fuhr in die Luft, »indem er bewußt und gewollt auf den Norbert Nagel am Abend des ..., na sagen wir, 3. August gegen 22 Uhr 30 mit einem stilettartigen, einseitig scharf geschliffenen Messer einstach und diesem mindestens drei Stichwunden beibrachte, und zwar die erste am Oberschenkel in der Leistengegend, die zweite in der Gegend des Brustbeins, wobei die Klinge abrutschte und eine bogenförmige Schnittwunde hinterließ sowie die dritte in ...«

Das Telefon läutete.

»Luther«, sagte der Staatsanwalt griesgrämig, denn er war gerade gut in Fahrt gekommen. »Au!« Er verzog das Gesicht und zupfte an seiner Fliege. »Baierle? fragte er. »Wo? ... Aha, also auf den Fildern? Und wie lang liegt er dort?« Wieder eine Pause. »Bei dem Wetter?« Luther drehte sich herum und starrte durch die Vorhänge hinaus. »Wissen Se, wie spät et is?« sagte er und sah auf seine Armbanduhr, als sei es schon halb sechs. »Also jut, und sagen Se Ihrem Baierle, er soll seine Leichen das nächste Mal ... ja, is ja auch egal.« Er warf den Hörer auf die Gabel.

»Was gibt's?« fragte Abel, obwohl ihn das Gespräch nichts anging.

»Die haben eine Leiche gefunden.«

Die gute Laune des Staatsanwalts war verflogen. Er steckte den Finger in den Mund, die Geste des Erbrechens. Abel dachte sofort an Rechtsmedizin und viel Arbeit.

»Und jetzt?«

»Selber nachlesen.« Luther schob den Strafprozeßordungskommentar von Kleinknecht über den Tisch. »Leichenfund«, brummte er, »Paragraph 159.«

Abel las nach und stellte fest, daß Polizei und Gesundheitsbehörde den Fund der Staatsanwaltschaft anzeigen müssen und daß eine Beerdigung ohne schriftliche Genehmigung des Staatsanwalts nicht zulässig ist.

»Jetzt muß ich mir wieder den Kladderadatsch angucken«, sagte Luther. Wieder fuhr sein Finger zum Mund. »Wollen Se dat nit gleich mal machen?«

Abel legte den Kommentar weg und blinzelte ins Licht, tat als sei er gar nicht da. »Eine Leiche, da fehlt mir total die Erfahrung ...«

»Die kriegt mer nit davon, dat mer was nit macht.«

Klar, Abel war dran. »Okay, dann ...« Abel stand seufzend auf. Er versuchte das Beste daraus zu machen.

Immerhin hatte er jetzt die Chance, an einem schönen, blankgeputzten Sommertag dem Nachsprechen von Indem-Sätze zu entgehen.

Luther kramte in seiner Schreibtischschublade. »Ja, jut, also dann.« Luther hatte das Formular, das er brauchte, hervorgeholt. Er unterschrieb. »Da oben die Felder ausfüllen, fragen Se den Baierle, dat is der Kripomann, der soll Ihnen sagen, was da reinkommt. Und den Stempel holen Se sich draußen bei Frau Koch.«

Abel nahm die »Beschlagnahmeverfügung für eine Leiche« und faltete sie zusammen. Er erhielt von seinem Ausbilder noch den Kommentar als dienstliches Requisit und schließlich den Rat, nicht zu nahe an den oder die Tote heranzugehen.

»Ich bin ein Schreibtischmensch«, sagte Luther endlich und klopfte mit dem Kuli auf die Schreibunterlage. »Das da draußen an den Tatorten, dat is nix für mich. Ich brauche meine feste Arbeitszeit und meine Ruhe, verstehn Se, so zum Nachdenken und Analysieren, damit dat mit dem Indem-Satz immer klappt.« Jetzt grinste er wieder.

Abel war schon auf dem Weg zur Tür.

»Sie sind auch kein Schwabe?«

»Nein.«

»Gut so«, meinte der Staatsanwalt und holte sich eine neue Akte vom Aktenblock.

Abels altes Auto schaukelte bedrohlich über den ausgedörrten Feldweg, schüttelte sich und bockte in den Schlaglöchern. Mitten in den Kornfeldern und den Wiesen hockten zwei Streifenwagen wie grünweiße Schildkröten. Menschen standen in Gruppen etwas abseits in den Äckern, verharrten unbeweglich. Drei Polizisten in der Nähe achteten darauf, daß keiner den Tatort zertrampelte und Spuren vernichtete. Hundertfünfzig Meter davor wurde Abel von einem jungen Beamten in khakigrüner Uniform aufgehalten.

»Hier gibt's nichts zu sehen«, behauptete er.

»Für mich doch.«

»Presse?« Diese Vermutung war eine Schmeichelei, wenn man Abels verbeulten, rostigen Citroën sah, der jedem Lokalreporter zu schäbig gewesen wäre.

»Nee, Staatsanwaltschaft.« Abel grinste, als er in dem Gesicht des Polizisten eine Mischung aus Verblüffung und Respekt aufkeimen sah. Zur Legitimation gab er die Leichen-Beschlagnahmeverfügung aus dem Wagenfenster, schließlich durfte er, doch noch kollegial eingewiesen, ein paar Meter weiterfahren und sein Fahrzeug in einem Kartoffelacker abstellen. Er ging zum Fundort. Die anderen Polizisten, die bei den Streifenwagen standen, ließen ihn passieren, weil sie gesehen hatten, daß ihr Kollege weiter vorne Abel hatte passieren lassen.

»Staatsanwaltschaft«, sagte er trotzdem.

»Staatsanwälte sehen aber anders aus«, murmelte eine im Teint tiefbraune Polizistin, die mit verschränkten Armen an ihrem Streifenwagen lehnte und ihr Gesicht in die Sonne gehalten hatte. Sie war jung und neu im Dienst und stellte sich vor, daß Staatsanwälte finster dreinblickende, korrekt gekleidete Männer sind und Hornbrillen tragen.

Abels Gesicht dagegen zeichnete oft ein ironisches Lächeln. Er war ein großer schlanker Mann, Mitte Dreißig, mit lässigen Bewegungen, ein Dreitagebartträger, lange bevor das modern wurde. Graugrüne, lebhafte Augen mit Lachfalten lagen unter dünn geschwungenen Brauen, und sein kurzes, nach vorne gekämmtes Haar undefinierbarer Farbe lag selten korrekt. Der im großen und ganzen ungesunde Lebenswandel des späten Rechtsreferendars fand Niederschlag in einer durchsichtig wirkenden Haut, die gerade in diesem Sommer nicht viele UV-Strahlen gespürt hatte.

Meist trug er einen zweireihigen Anzug ehrwürdigen Alters, der ihm immer schon eine Nummer zu groß war, und manchmal sogar Krawatten, wie heute beim Antrittsbesuch. Für Leute, die ihn nicht kannten, war es schwer, ihn einzuschätzen. Sein offenes Lachen und seine unbestreitbar vorhandene praktische Intelligenz, sein Selbstbewußtsein, alles machte ihn für viele auf den ersten Blick sympathisch. Doch weil er immer zu unpassenden Zeiten die Klappe nicht halten konnte, gab es einige Leute, die ihn nicht mochten. Es gab aber auch Menschen, denen diese spezifische Mischung gefiel. Frauen mochten seine Augen und seine Hände und die Art, wie zärtlich er gewisse Dinge sagen konnte.

Die urlaubsbraune Polizisten schob ihren Pistolengurt zurecht, winkte Abel weiter und sah ihm nach, wie er auf einige Zivilisten und Männer in weißen Overalls zuschlenderte, die mit Maßband, auf Stativ montierten Fotoapparaten, Plastiktüten und Schaufeln in einer Wiese hantierten. Hinter den Männern lag eine flache Hügelkuppe mit mehreren Reihen fettgrüner Büsche, die wie schiefe Mauern in den blauen Himmel ragten. Zwischen den Sträuchern wuchsen Mohn, Margeriten und Kornblumen. Es war eine friedliche Sommerlandschaft, in der die Menschen und ihre Geräte störten.

»He, was ischt denn da los!« schrie einer der Zivilisten zu Abel herüber. In einem weiten Bogen kam er eilig näher und winkte Abel mit ausladenden Armschwüngen weg. Es war Baierle von der Kripo.

»Neu?« Der Kriminalbeamte sah an Abel herunter.

»Ja, Referendar.«

»Jesses!« Der Kommissar griff sich an die Stirn.

»Der hat wieder en Domma g'fonda, der Luther. Na ja, vertretet Sie koine Spure, und bleibet Sie da hinten, dann fülle wir zusammen das Formblatt aus.«

Abel ging zurück und lehnte sich neben die Polizistin an den Streifenwagen. So nach und nach erfuhr er, daß der Kommissar Baierle vom Landeskriminalamt war und die Untersuchung leitete.

»Interessiert Sie die Leiche?« fragte die Polizistin. Abel schüttelte den Kopf.

»Männlich, Kopfschuß, drüben im Feldrain«, erklärte die Polizistin, »es ist meine dritte, seit ich hier bin. Viele Spuren gibt es nicht.« Die junge Frau besah sich Abels Profil und registrierte, daß er ein herbes, aber leichtes Parfüm benutzte. Sie hatte einen Freund, an dem sie in letzter Zeit einiges nicht mochte, beispielsweise sein Parfüm.

»Ein langweiliger Job an einem so schönen Sommertag für eine Streifenwagenbesatzung.«

Sie zuckte die Achseln. »Na ja, vielleicht auch besser, als auf der Standspur die Autobahn vor einem Stau die Alb hinauf zu sichern.«

Gegen Mittag schließlich hatten sich die wenigen Zuschauer verlaufen. Einer der Polizisten döste hinten im Auto mit offenem Mund. Abel wußte inzwischen, daß die Frau, die so gerne ihren Pistolengurt über der Hüfte hin und her rückte, Manuela hieß, daß man sie gerne Manu nennen darf und daß sie Kickboxen und Bodybuilding macht und gestufte Frisuren haßt und auf »The Who« stand, ganz speziell auf »The Who«, warum, wußte Manu auch nicht.

»Halt einfach nur geil.«

»Aha«, sagte Abel. Der Funk rauschte und quäkte. Zwei andere Polizisten unterhielten sich leise und warfen Steinchen in einen Graben. Abel erzählte Manu von einem Picknick mit Freunden am Wochenende im Goldersbachtal bei Bebenhausen. Manu erzählte von Gran Canaria und davon, daß ihr Horst und sie im Hotel einen berühmten Schauspieler gesehen hatten.

So verging die Zeit. Die Spurensicherer kamen langsam voran. Meter um Meter suchten sie das Gelände ab, markierten die Fundorte von alten Büchsen und sonstigem Müll, von allen Gegenständen, die nicht auf ein Feld gehörten, fotografierten Objekt und Umgebung mit einer Stereokamera, um dann wieder schrittweise weiterzuarbeiten.

Es war fast ein Uhr, als Baierle winkte und Abel herbeirief. Weil er sich denken konnte, was nun kam, ging er nicht gerne zu dem Beamten hinüber. Der Kommissar führte ihn schweigend die letzten Meter bis zu einem flachen Graben, in dem die Leiche lag.

»Da liegt unser Kunde.« Baierle deutete auf den Boden.

Zwischen zwei Äckern lag die Gestalt eines Mannes, das Gesicht nach unten, die Füße einwärts verdreht. Die rechte Hand war auf den Rücken gebogen, wie man es in Kurorten bei Spaziergängern beobachten kann. In den blonden Haaren des Toten krustete Blut. Eine Hummel tastete sich über die Schulter zum Kopf. Baierle bückte sich und schob mit seinem Kuli eine Haarsträhne zur Seite, um das Einschußloch zu zeigen. Abel sah hinauf zu den Büschen, um sich von dem Bild zu lösen.

»Es gibt Schlimmeres«, sagte der Kommissar nüchtern und erhob sich wieder. »Der hier isch ja noch taufrisch. Letzte Woche habet mir eine alte Dame in einer Dachstube nach neun Tagen Liegezeit gehabt.«

Abel räusperte sich und fragte mit fester Stimme: »Was muß ich jetzt machen?«

»Leichenfund feststellen, Formblatt ausfüllen.«

Die beiden gingen zurück zu den Streifenwagen, und Abel trug nach Diktat die notwendigen Fakten in das Formular ein. Fundort, Fundzeit, mutmaßlicher Todeszeitpunkt, Geschlecht und erste Beschreibung des Toten sowie andere für die Akten der Staatsanwaltschaft und der Gerichte wichtige Angaben. Inzwischen war ein grauer Leichenwagen mit geätzten Seitenscheiben eingetroffen. Die Männer unterhielten sich über die Hitze und hoben polternd einen wannenförmigen Zinkbehälter aus dem Laderaum, um den Toten abzuholen. Baierle, der sich eine Durchschrift der Beschlagnahmeverfügung abgerissen hatte, lud Abel ein zuzusehen, wie man jetzt die Leiche umdrehen und weitere Spuren sichern werde. Doch der Referendar winkte ab und ging zu seinem Auto. Der Kommissar und Manu sahen sich grinsend an. Manu gab Abel die Hand und lächelte.

Abel fuhr über den Feldweg davon und beeilte sich, durch den Mittagsverkehr über Vaihingen in das Heslacher Waldheim, eine großen Gartenwirtschaft am Waldrand, zu kommen, um dort bei einer Vesper und einem Glas Most die Bilder von dem toten Mann im Feldrain abzuschütteln.

Erleichtert tauchte er am Ziel in das Stimmengewirr ein, das von den Tischen zum Parkplatz herüber drang. Auf dem Spielplatz am Waldrand tobten Kinder. Ihr gellendes Geschrei war Abel sonst immer auf die Nerven gegangen. Jetzt setzte er sich in die Nähe der großen Schaukel und sah den Kindern zu, wie sie sich um einen Platz balgten und vor Vergnügen schrien, wenn sie sich, von anderen heftig angestoßen, weit hinauf unter die Blätter einer Linde tragen ließen.

Donnerstag, 6. August

»Sie haben einen Termin um elf«, sagte Luther, als Abel zum Dienst kam.

Er setzte sich zuerst einmal.

»Wo?«

»Im Gerichtsmedizinischen.« Luther blätterte in einer Akte, als interessiere ihn deren Inhalt brennend.

»Was soll ich da?« Abel wußte, als er die Frage stellte, daß Luther ihm keine Chance geben würde.

»Zugucken, wie man den Toten obduziert. So was sieht man im Film doch laufend.«

Abel steckte den Zeigefinger in den Mund, aber der Staatsanwalt sah ihn nicht an.

»Einer muß für die Staatsanwaltschaft hingehen, machen Sie das ruhig mal, das bereichert Ihre Erfahrung.«

Abel versuchte mit Ausreden von diesem Auftrag loszukommen, doch Luther blieb hart. Abel solle das auch mal mitmachen, damit er wisse, wie mies der Job beim Staat manchmal sei, für das Geld, das ein Staatsanwalt bekomme. Und weil Abel es nicht mit Luther verderben wollte, stimmte er schließlich widerwillig zu.

»Was weiß man bis jetzt in diesem Fall?« fragte er, um das Thema zu wechseln.

»Nicht viel. Der Junge war ungefähr dreißig Jahre alt. Todeszeitpunkt zwischen null und drei Uhr, plus minus ne Stunde. Fundort ist nicht mit dem Tatort identisch. Keine Spur von Tatwaffe oder Hülsen, Projektil noch im Schädel. Jetzt sind dic Rechtsmediziner an der Reihe.«

»Weiß man, wer der Mann ist?«

»Nä!« Luther malte ein breites Kreuz auf einen Notizzettel. »Dat is allet. So wie es inne Zeitung stand.«

»Okay.« Abel stützte sich auf die Tischplatte und stand auf. »Muß ich wieder ein Formblatt mitnehmen?«

»Nein, das haben die dort.« Luther spitzte sorgfältig einen Bleistift. »Viel Vergnügen auch. Und wenn es Ihnen schlecht wird, dann nicht an was zu essen denken, sonst ...« Wieder der Zeigefinger.

Abel nickte und ging hinaus. Er fragte sich, warum sich ein Mann wie Luther nicht von Mord und Totschlag zu Raub und Einbruch versetzen läßt. Da gibt's doch sicher auch interessante Fälle.

»He, halt, die Akte!« rief Luther hinterher.

Abel drehte sich noch einmal um, um sich das Dossier zu holen.

Abel mußte sich zum Obduktionssaal durchfragen. Auf dem Gang davor stand ein Mann und rauchte; er sah zum Fenster hinaus, hinauf zu den Wolken, die in breiten weißen Bändern über den Mittagshimmel zogen. Abel lehnte sich erst einmal mit dem Rücken an die Wand mit Ölfarbanstrich. In den Räumen hing ein süßlicher Geruch von Formalin und Verwesung. Durch eine halb angelehnte Tür sah man Regale mit konservierten, graurötlich schimmernden Organen. Der Mann drehte sich um und schaute zu Abel herüber. Als er die Akte bemerkte, fragte er:

»Sie kommen für die Staatsanwaltschaft?«

Abel nickte.

»Ich bin der Ermittlungsrichter«, fuhr der Mann fort und sah auf seine Armbanduhr.

»Dauert es lange?«

»Nein, die kommen bestimmt in fünf Minuten.«

»Ich meine, ob die Obduktion lange dauert.«

»Vielleicht eineinhalb Stunden.« Der Richter lächelte. »Ist es das erste Mal?«

»Ja.«

»Na ja, das geht vorbei. Man gewöhnt sich zwar nie daran, mir geht's jedenfalls so, aber es macht einem dann nicht mehr so viel aus wie am Anfang.«

»Hoffentlich«, sagte Abel. Er war schon jetzt fest entschlossen, einen zweiten Termin dieser Art nicht wahrzunehmen. Ein Mann in einem weißen Kittel lief vorbei und grüßte flüchtig.

»Aha«, murmelte der Richter und sah wieder auf seine Uhr. Abel begann auf und ab zu gehen. Seinen Kaugummi klebte er verstohlen unter die Fensterbank, weil er keinen Abfallkübel entdecken konnte.

Krachend fuhren plötzlich die Flügel der Schwingtür auseinander. Sie klappten zurück an den Schragen, den zwei Männer den Gang entlangschoben. Unter einem weißen Laken waren die Umrisse eines Körpers zu erkennen. Die beiden Assistenten unterhielten sich und lachten.

»Achtung«, sagte der eine und rammte den Wagen in die nächste Schwingtür, die ebenfalls ächzend aufflog.

»Gehen wir.« Der Richter ging hinter dem Schragen her, und Abel folgte, den zurückfedernden Türflügel mit dem Arm abwehrend.

Sie kamen in einen großen Raum mit Milchglasscheiben. An der Decke brannten Neonröhren. In der Mitte standen zwei massive Tische mit grauschwarz gefleckten Kunststeinwannen, jeder fest installiert und mit einem Abfluß an der Seite. Vor dem Fenster standen ein weiß lackierter Blechschreibtisch und drei Stühle. An der Wand entlang waren Industrieregale angebracht, sie enthielten Werkzeuge wie Sägen, Hämmer, Bolzen und Messer in unterschiedlichen Größen. Dazu Löffel und Pfannen, Kellen und Töpfe. Abel hätte chirurgische Instrumente erwartet, doch das hier erinnerte alles viel eher an eine Werkstatt. Tja, Tote brauchen keine sterilen Instrumente. Die Helfer und die Ärzte arbeiteten mit weit hochgezogenen Gummihandschuhen, um sich nicht zu infizieren.

Abel folgte dem Richter in einem weiten Bogen um die Seziertische herum, weil die beiden Männer den Schragen in den Zwischenraum geschoben hatten.

»So, das ist er«, sagte einer der Helfer und zog das Leichentuch fort.

Das Licht fiel dem Toten gerade aufs Gesicht. Die gebrochenen Augen waren halb geschlossen, der Kopf lag auf der Seite.

Ruski, zuckte es Abel durch den Kopf. Kein Zweifel, das war Kurt Rusinski, der da vor ihm lag. Nackt, tot, Objekt einer gerichtlichen Leichenschau. Die Helfer packten ihn gerade mit geübtem Griff und warfen ihn mit Schwung auf einen Seziertisch. Der eine Arm, der über den Rand hinausragte, wurde grob zurückgestoßen.

Abel kannte den Toten aus Tübingen. Abel hatte dort studiert. Er trat einige Schritte näher an die Leiche heran und sah ihr schaudernd ins Gesicht. Es war vom Sterben entstellt, doch es gab keinen Zweifel. Das war Rusinski, Ruski, wie alle ihn früher genannt hatten.

Der Tote auf dem Seziertisch war vor Jahren in der alten Universität eine bekannte Figur gewesen. Ruski hatte zwar selbst nie studiert. Angeblich war er Automechaniker, aber er trieb sich Abend für Abend in den Studentenkneipen herum, kannte jeden, wußte alles und schwadronierte laut über sich und seine Fähigkeiten. Er ging damals keiner geregelten Tätigkeit nach, Ruski handelte mit Autos und, wenn Bedarf bestand, mit Haschisch und Henna. Er war der erste, der an der Uni den schwarzen Afghan mit Sägemehl und Schuhcreme streckte und dafür ordentlich die Schnauze poliert bekam. Doch Ruski war ein bekannter Schläger und hart im Nehmen.

Meistens trieb er sich mit den Chaoten von der äußersten Linken herum, seltener mit den Rechtsradikalen oder Verbindungsstudenten – es kam drauf an, wo er mehr abstauben oder herumdealen konnte. Er makelte Studentenbuden für einen Fünfziger und vermittelte Ferienjobs und Mitfahrgelegenheiten gegen Prozente. Er war für alles gleich gut und gleich schlecht. Einer, der bei seinen Geschäften die naiven Erstsemester linkte und behütete höhere Töchter auf schmierige Parties von Handelsvertretern in Reutlingen schleppte, um sie sich dort für eine »Schutzgebühr«, wie er es nannte, bereitwillig ausspannen zu lassen.

Ruski trug Kleidung aus dem Fabrikverkauf von Boss in Metzingen und versuchte seriös zu wirken, was meisten mißlang. Trotzdem, es gab nicht wenige Mädels, die sich von ihm rumkriegen ließen.

Ruski war tot! Irgendeiner hatte ihm eine Kugel in den Schädel geschossen und ihn dann wie einen Sack voll Dreck vor der Stadt in den Graben zwischen zwei Äckern gekippt. Abel empfand kein Mitleid mit Ruski, eher eine unfaßbare Betroffenheit vor dem Tod, wie sie alle Menschen empfinden, die nicht gewerbsmäßig mit Leichen umgehen.

Zwei Ärzte kamen. Sie beachteten die Leiche nicht, sondern gaben Abel und dem Richter die Hand.

»Morgen«, sagte man sich gegenseitig.

»Ja, dann woll'n wir mal wieder«, brummte der eine Obduzent und ging an das Fußende der Leiche. An der großen Zehe baumelte ein Zettel, ähnlich solchen, die an Frachtgut befestigt werden.

»Unbekannt« las der Mann laut und begann mit einem Maßband den Körper auszumessen. Er gab die

Daten lakonisch und regelmäßig an, während der andere Arzt die Werte auf einem Notizblatt niederschrieb, um dann in das Mikrofon eines Diktiergeräts den Befund zu diktieren: »Es liegt eine männliche Leiche zur Obduktion vor. Aus der Akte geht hervor«, er blätterte in den Papieren, »man habe den Leichnam am Morgen des Tattages auf der Gemarkung Bernhausen, Filderstadt, gegen 6 Uhr 30 gefunden. Der herbeigerufene Arzt habe am Fundort um 7 Uhr 28 den Tod festgestellt. Im übrigen wird wegen der Einzelheiten auf die polizeilichen Erhebungen verwiesen.« Der Arzt machte eine Pause und suchte nach seinem Notizzettel. Dann diktierte er weiter: »Der äußere Befund ergibt: Körperlänge einhunderteinundsiebzig Zentimeter, Brustumfang einundneunzig Zentimeter.«

Es folgten in langer Reihe die Meßergebnisse. Jetzt traten die beiden Ärzte an die Leiche heran und bogen Arme, untersuchten Augen, Mund und Nase, Hände, Füße, Finger und Zehen. Dann wurden die Befunde im Protokoll festgehalten: daß die Leichenstarre nicht mehr feststellbar sei, daß der Tote über eine geringe Körperbehaarung verfüge, alle Glieder vorhanden und gut entwickelt seien, wo man Blut feststellte und daß am Hinterkopf ein Einschußloch sichtbar war, daß das Projektil aber nicht wieder vorn aus dem Kopf ausgetreten sei.

Abel lehnte an der Fensterbank. Er hatte die Arme eng verschränkt und sah den Ärzten bei ihrer Arbeit zu. Der Richter hatte sich auf einem Stuhl niedergelassen und blätterte in einer Zeitung, die er mitgebracht hatte.

Schließlich begann einer der Helfer den Körper vom Brustbein bis hinunter zur Scham mit einem spitzen Messer mit Holzgriff aufzuschneiden. Jetzt drang deutlich wahrnehmbarer Fäulnisgeruch durch den

Raum. Abel hustete, um das Würgen niederzukämpfen, das in seiner Kehle hochstieg. Der Richter faltete die Zeitung zusammen und sah zu Abel hinauf.

»Halten Sie durch«, sagte er, »in ein paar Minuten haben Sie sich daran gewöhnt.«

Die Helfer grinsten herüber. Abel sehnte sich nach seinem Bouleplatz.

Man entnahm der Leiche die Organe, machte Schnitte und untersuchte Gefäße und Gewebe. Die Befunde wurden monoton diktiert.

»Was soll das denn?« fragte Abel leise den Richter. »Der ist doch nur am Kopf getroffen worden.« Er fühlte sich besser, als er sich sprechen hörte.

»Routine«, antwortete der Richter, »man sucht nach alternativen Todesursachen. Auch wenn es unwahrscheinlich ist, aber es muß sicher ausgeschlossen sein, daß das Opfer nicht vorher vor Schreck einen Herzschlag bekommen hat.«

Einer der Ärzte sah auf. »Wir haben mal einen gehabt, der war mit Strychnin vergiftet worden, bevor man ihn mit dem Messer mehrmals verletzte.«

»Der Fixer?« fragte der andere Arzt.

»Ja. Da waren noch zwei zusätzliche Gutachten von Kollegen notwendig, weil der Tod infolge der Vergiftung praktisch zur gleichen Zeit eingetreten ist, zu der ihm die Stiche beigebracht wurden.«

»Und durch was ist er gestorben?« Der Richter stand auf.

»Nach meiner Meinung doch am Gift.«

»Gut für den Messerstecher, der ist nur wegen versuchtem Totschlag drangekommen, nicht wegen vollendetem«, sagte der Richter zu Abel. »Und der Dealer mit dem vergifteten Stoff ist nie gefunden worden.«

»Ich glaube, den haben sie doch noch geschnappt. Oben in Köln«, murmelte der Arzt nachdenklich, dann arbeitete er weiter. Der Richter zuckte mit den Schultern.

Nach etwa einer halben Stunde war die Obduktion der Bauchhöhle schließlich abgeschlossen. Abel hatte sich wieder einigermaßen gefangen und beobachtete, wie man Gewebeproben der Organe aussonderte, präparierte und zur Sicherstellung kennzeichnete. Dann nahm man sich den Kopf der Leiche vor. Der eine Helfer legte einen geraden Schnitt über das Genick nach vorn herunter, während sein Kollege den Kopf hielt. Nachdem das jetzt offen liegende Einschußloch vermessen und fotografiert worden war, begann man den Schädel mit einer Säge aufzuschneiden. Abel spürte, wie ihm ein Würgen die Luft abschnitt. Er drehte sich um und starrte in das Milchglas der Scheibe, versuchte an etwas anderes zu denken, doch immer wieder zog sich sein Magen zusammen. Er spürte eine Hand auf seiner Schulter.

»Kommen Sie«, sagte der Richter hinter ihm und zog ihn um die Seziertische herum durch die Schwingtür hinaus auf den Gang. Dort bot er Abel eine Zigarette an. Abel nahm an, obwohl er nicht rauchte, und paffte einige Züge, bis sich sein Magen beruhigte und das Würgen und der Speichelfluß schließlich nachließen.

»Ja, es ist schlimm«, sagte der Richter. »Aber es muß sein.«

Abel nickte. »Muß ich da noch mal rein?«

»Jetzt wird's gerade wichtig.« Der Richter sah ihn aufmunternd an und ging voraus.

Schritt für Schritt folgte ihm Abel. Schon von der Tür aus sah er wieder auf den Körper des Toten, der nun, einem Präparat ähnlicher als einer menschlichen Gestalt, ausgebreitet auf dem Seziertisch lag. So sehr er Ruski zu dessen Lebzeiten verachtet hatte, aber solch eine Behandlung hat keiner verdient, dachte er.

Er war kaum an seinen Platz an der Fensterbank zurückgekehrt, da spürte er das Würgen und den Speichelfluß wieder, nur diesmal heftiger und kaum noch zu unterdrücken. Die Ärzte sahen von dem Toten auf.

»Bitte nicht hier«, brummte der eine.

Abel schluckte und fragte tonlos, ob er irgendwo schon unterschreiben könne. Wortlos hielt ihm der Richter ein Formular hin. Abel nahm das Blatt und unterschrieb an der Stelle, die man ihm zeigte, dann flüchtete er, kaum daß er auf Wiedersehen gesagt hatte, hinaus auf den Gang, durch die zweite Schwingtüre, den langen Flur entlang. Er rannte, wie er manchmal als Kind gerannt war, wenn ihm die Dunkelheit eines Wohnungsflurs plötzlich einen unverständlichen Schauer über den Rücken gejagt hatte. Er hätte beinahe den Pförtner umgestoßen, der aus der Loge der Pathologie getreten war und Abel jetzt ratlos nachsah, wie er hinausstürmte in die Sonne, in den Lärm der Straße, den Geruch von Dieselqualm und heißem Teer.

Erst in einer kleinen Anlage hielt er an, außer Atem und immer noch den Geruch von Formalin und verwesendem Fleisch in der Nase. Er setzte sich auf eine Bank und keuchte heftig. Vor seinen Füßen balgten sich Spatzen um ein paar Krümel. Er sah ihnen zu und bedauerte, selbst kein Brot dabeizuhaben.

Baierle saß weit zurückgelehnt in seinem Stuhl und ließ seinen Kuli rhythmisch auf die Platte des Schreibtischs fallen.

»Also gut, und dann ischt Ihr Jonger zum Daimler gefahren, und was war dann?« fragte er gutmütig die Berta Rist, die im Sonntagsstaat auf dem Stuhl gegenüber saß.

»Dann händ mir dr Trecker fertigg'macht. I han no's Veschper g'holt, Schinkewurscht, Brot, Speck ...«

»Ja, aber mich interessiert mehr, wie Sie den Kerle auf Ihrem Acker g'fonde hent«, unterbrach Baierle.

»Also, des war so, dr Emil ist g'fahre, und auf einmal sagt dr Emil, daß do scho wieder oiner von dene Pennbrüder liegt.«

»Gibt's so was öfter bei euch?« fragte der Kommissar verwundert.

»Noi«, antwortete die Berta, aber in der Stadt, wenn Markt ist, dann sehe man die Penner immer am Marktbrunnen, daher wisse man genau . . .

»Und dann?«

»Dann hat dr Emil den wecke wolle, aber der ischt net aufg'stande.«

»So?«

»Ja, und dann hat mr g'merkt, da der tot ischt, und dann han i zu meim Emil g'sagt, Emil, sag i, jetzt farscht zu in dr Ort und holscht die Polizei, und i paß auf.« Mehr habe man nicht gemacht und auch keinesfalls irgend etwas angefaßt, weil man das ja so aus dem Fernsehen kenne. »Nur dr Emil hat en vors Kreuz getrete, als er ihn hat wecke wolle.«

Baierle ließ sich von der Protokollführerin, die an einem kleinen Tisch neben ihm saß und die Aussage mitgetippt hatte, das Blatt geben und las der Berta Rist den Text vor.

»Ischs richtig so?«

»Ja, so ischs richtig, Herr Rat«, sagte die Berta und nickte.

»Dann unterschriebet Se amol da.«

Sie unterschrieb wichtig und umständlich mit Nach- und Vornamen: Rist Berta.

»Danke, jetzt schicket Se mal Ihren Emil rein«, sagte Baierle. Doch die Bäuerin blieb sitzen und fragte, wo man denn das Zeugengeld abholen könne, das kenne sie vom Amtsgericht, wenn sie dort als Zeugin geladen sei.

»Bei uns gibt's nix«, beschied Baierle und schob die Frau zur Tür hinaus, »der Rist Emil soll reinkommen.«

»Rischt«, sagte der Mann und gab Baierle die Hand. Freizeitanzug, offenes Hemd, graue, mittellange Haare, eine Erscheinung, die nicht zur Berta paßte. Ruhig setzte er sich auf den Besucherstuhl und sah zu Baierle hinüber.

»Was wollet Se wisse?« fragte der Bauer schließlich, weil Baierle ihn nicht ansprach. Der Kommissar schob die gerade vorher aufgenommene Aussage der Berta Rist bis zur Tischkante vor.

»Stimmt das so?«

Rist las und legte dann das Papier auf den Schreibtisch zurück.

»Ja.«

»Und sonst ist Ihnen nichts aufgefallen?«

»Was aufgefallen?«

»Na ja, irgendwas, was anders war als sonst.«

Rist zögerte, dann zuckte er die Achseln. »Wahrscheinlich ischt es nix Wichtiges, passiert ja auch sonscht ab und zu.«

»Was war denn?«

»Ha ja, morgens beim Viehfüttern, es ist ja jetzt noch hell, da war's Tor offa, und da hab ich g'seha, wie ein Daimler aus dem Feldweg gekomme ischt.«

»Farbe?« Baierle nahm Notizpapier und Kugelschreiber.

»Dunkelblau oder schwarz.«

»Nummer?«

»Kann sei aus Reutlingen.«

»Aha, genauer wissen Sie's nicht mehr?«

»Noi, beim beschte Wille net«, sagte Emil Rist und schüttelte treuherzig den Kopf, »mr hätt vielleicht näher hing'sehe, wenn mr g'wußt hätt, daß ...«

»So ischs immer«, grunzte Baierle, »Reutlingen ist aber sicher?«

»Au net so ganz, aber ich glaub, es war Reutlingen.«

Baierle nickte und schrieb etwas nieder. »Und der Typ?«

»Ich kann den Mann net beschreibe.«

»Nein, ich meine den genauen Fahrzeugtyp, nicht den, der dringesessen hat.«

»Ach so, ja, S-Klasse, des ischt sicher, aber was genau für oiner, des wois i net.«

»Hm«, Baierle kannte das Problem der Präzision von Zeugenaussagen. Es kommt oft vor, daß ein und derselbe Mann zur Tatzeit mit grünem, rotem, schwarzem und blauem Hemd gesehen wird. Er fragte daher noch einmal: »Aber die S-Klasse?«

»Sicher, unser Jonger schafft doch beim Daimler.«

»Gut.«

Das überzeugte den Kommissar. Er fragte nach dem Mann am Steuer.

Ja, er habe einen Mann erkannt, kaum möglich, daß es eine Frau gewesen sei, und ganz sicher habe auch nur einer im Fahrzeug gesessen. Deshalb sei ihm der Daimler ja erst aufgefallen.

»Und warum gerade das?« fragte Baierle.

»Hinter dem Hügel bei de Büsch ischt ein beliebter Platz für Pärchen«, erklärte Rist. Es komme besonders am Wochenende häufiger mal vor, daß junge Leute dort hinfahren. »Zum Petting und so«, ergänzte der Bauer sachkundig.

Baierle verkniff sich mühsam ein Grinsen.

»Außerdem ...« Rist beugte sich vor und sprach eindringlich. »Außerdem habe die Herren mit so große Wäge gnug Geld. Die gehet ins Hotel. Sonscht sind des bloß Opel und so.«

»Aha«, Baierle notierte. Dann wurde die zusätzliche

Aussage ins Protokoll diktiert und von Rist unterschrieben. Baierle schob den Landwirt hinaus auf den Flur. Dort wäre er beinahe mit Kriminalassistent Hoffmann zusammengeprallt, der gerade von der kriminaltechnischen Abteilung kam.

»Und?« fragte Baierle.

»Kurt Rusinski, alias Ruski, alias Joachim Beck«, las Hoffmann vor und legte eine schmale Akte vor den Kommissar auf den Tisch. »Kleiner Gauner, paar Vorstrafen, nichts gelernt, das Übliche. Seine Fingerabdrücke sind in der Kartei.«

»So, so«, brummte Baierle und kniff die Augen zu. Er drehte sich mit einem Schwung auf dem Stuhl zum Fenster und rätselte. »Rusinski, Ruski, war da nicht noch was? Mit dem war doch was in der letzten Zeit, ich weiß es ganz sicher.«

»Bei uns?«

»Nein, irgendein Fahndungshinweis... Rusinski, Rusinski?«

»Nein, ich glaube nicht...«

»Doch!« Baierle drehte sich wieder zum Schreibtisch herum. Er kramte in einem Stapel mit Papieren und Akten, fand aber nichts.

»Da war aber was«, brummte er.

Hoffmann suckelte an einer Colabüchse und sah auf die Uhr. Bald Feierabend.

»Dann fragen wir eben Kommissar Computer.« Baierle stand auf und ging zu der Tür zum Nachbarraum, wo ein Bildschirm stand. Unmittelbar an der linken Wand des Büros stand ein Holzspind, an dessen Seitenwand cin Terroristenfahndungsplakat hing. Die Porträts der Gesuchten waren teilweise ergänzt durch Phantombilder, auf schwarzen Grund montiert. Zwei davon waren mit Filzstift durchgestrichen, und zwar so kräftig, daß das Papier eingerissen war. Erledigt, hatte einer danebengekritzelt und ein Kreuz hingemalt. Baierle blieb stehen und starrte auf die Köpfe. Jetzt fiel im ein, was mit Ruski war.

»Laßt den Unsinn«, schnauzte er, dann drehte er sich wieder herum und verschwand in seinem Zimmer.

»Welchen Unsinn?« fragte ein junger Beamter, der die Tür gleich wieder geöffnet hatte.

»Die werden nicht ausgestrichen«, knurrte Baierle und deutete auf das Plakat. »Das sind immerhin Menschen, kapiert?«

»Okay, dann werden sie halt nicht ausgestrichen«, sagte der Beamte und warf die Tür ins Schloß.

»Worum ich auch gebeten haben wollte!« schrie Baierle, der sich über den unbotmäßigen Ton ärgerte. Zu Hoffmann, der immer noch an der Dose suckelte, sagte er: »Jetzt fällt mir's ein: Randszene, den Typ hatten sie in der beobachtenden Fahndung.«

»Richtig, ja klar!« Hoffmann stand auf. »Da werden sich die Kollegen vom Staatsschutz aber freuen.«

»Und wir auch«, Baierle nieste. Er kramte nach dem Behördentelefonbuch und griff zum Hörer.

Der Oberkriminalrat Drechsler von der Terroristenabteilung wußte sofort Bescheid, wirkte wie elektrisiert und wollte schnellstens die Akte haben. Was mit dem Rusinski denn los sei, fragte Baierle, doch der Oberkriminalrat antwortete: »Ein delikater Fall.«

»Der Mann heißt Rusinski.«

»Welcher Mann?« fragte Staatsanwalt Luther und kam um seinen Tisch herum, um Abel zu begrüßen.

»Der Tote heißt Rusinski, Kurt Rusinski. Ich kenne ihn aus Tübingen.«

»Holla!« Luther klopfte Abel anerkennend auf den Oberarm.

»Nä, dat is aber mal 'ne Wucht. Irrtum ausgeschlossen?«

»Irrtum ausgeschlossen.«

»Und wat ist dat für ne Type jewesen?«

»Schwer zu sagen, kein Student, ein ewiger Schnorrer und Geschäftemacher, beliebt, unbeliebt – eben so ein Typ, wie er an jeder Uni vorkommt.«

»Rusinski, sagen Se?« Luther notierte sich den Namen.

»Ja, Kurt Rusinski, etwa dreißig, kein Beruf, soviel ich weiß, war er Automechaniker, hat aber keinen festen Job gehabt. Vor drei oder vier Jahren ist er spurlos aus Tübingen verschwunden. Von einem auf den anderen Tag. Vermißt hat ihn keiner.«

»Sind Sie trotzdem sicher, daß das der Tote ist?«

»Klar. Seine Nase habe ich viel zu oft gesehen. Und in ein paar Jahren verändert man sich nicht.«

Luther unterbrach Abel mit einer kurzen Handbewegung und griff zum Telefon, das geklingelt hatte. »Luther ...«

Er zog seine Fliege zurecht und starrte über Abel hinweg in die Luft. »Weiß ich schon«, sagte er leichthin. Er begann das R in dem Namenszug des Toten auf dem Papier vor sich kunstvoll auszumalen.

Der Teilnehmer am anderen Ende sprach jetzt schnell.

»Okay, dann können wir ja gleich abgeben, Herr Baierle. Ja, und vergessen Sie nicht ... Nein, mein Referendar hat ihn erkannt, bei der Leichenöffnung ... Ja, der, der draußen am Tatort war ... Mhm, ja, schick ich gleich rüber den Mann ... Wenn Sie vielleicht ... Danke auch und tschüs ... Ja, Herr Baierle. Tschüs.« Luther legte auf und lehnte sich weit in seinen Sessel zurück.

»Terrorismus«, sagte er nach einer kleinen Pause.

»Den Fall sind wir los, nä, dat ging ja schnell.« Es war ihm anzusehen, daß er mit der Entwicklung zufrieden war. Er rieb sich die Hände. Luther öffnete eine schwarze Plastikschachtel und nahm einen Zettel heraus.

Er kritzelte einen Namen und eine Adresse auf das Papier: »Drechsler.« Er schob den Zettel zu Abel hinüber. »Drechsler heißt der Mann, sitzt beim LKA, bei den Terrorfritzen, Staatsschutz und so weiter, und da gehen Sie mal hin und erzählen alles, was Sie über diesen Rusinski wissen.«

Abel nickte und nahm den Zettel, betrachtete die zierliche Handschrift seines Ausbilders, sah ratlos wieder auf, dann nickte er, stand auf und wiederholte den Namen: »Drechsler.«

»Ja, Drechsler, und einen schönen Gruß von mir.«

Freitag, 7. August

Schon wieder war Schluß mit dem schönen Wetter. Ein Gewitter, bevor der Tag gegraut hatte. In dichten Schwaden zogen während des Vormittags die Wolken über die Stadt hin, grau und schwarz gefleckt. Unablässig nieselte ein warmer, alles durchnässender Regen herab.

»Einen schönen Gruß von Herrn Luther«, sagte Abel, als er nach umständlichem Ausweis- und Bitte-wo-wollen-Sie-hin-Zeremoniell von einem Wachmann über einen langen Flur und durch ein Vorzimmer sofort in das Zimmer des Oberkriminalrats geführt worden war und seinen Mantel aufgehängt hatte.

»Einen schönen Gruß, und Sie sollen sich an der Leiche nicht die Zähne ausbeißen.«

Drechsler lachte. Er war hoch aufgeschossen, knapp fünfundvierzig, schwarze Mähne und Knebelbart. Die Kleindung war flott und sportlich, der Schlipsknoten für die Mode dieses Sommers eine Spur zu groß, ganz der Typ »windschnittige Ministerialschranze«, der dem Staatssekretär gelegentlich auch mal die eigene Meinung sagt und dessen Karriere sicher nicht mit einer Beförderung zum Kriminaldirektor im Rahmen der »Aktion Abendsonne« mit achtundfünfzig enden wird. Drechsler und Abel nahmen an einem phantasielosen Besuchertisch Platz.

»Der gute Luther«, sagte Drechsler, »ist schnell mal wieder einen Fall losgeworden. Wir haben ja ein breites Kreuz. Kaffee?«

»Ja.« Abel lehnte sich vorsichtig in dem zierlichen Sessel zurück.

»Kaffee bitte, Frau Rupp!« rief Drechsler, und eine Stimme sagte hinter der angelehnten Tür: »Läuft gerade durch.«

»So, und Sie kannten den Rusinski?« fragte Drechsler.

»Flüchtig.«

»Wann haben Sie ihn zuletzt gesehen?«

Abel dachte nach. Er ließ sich Zeit, weil er den freundlichen Oberkriminalrat nicht genau einzuschätzen vermochte.

»Vielleicht vor vier oder fünf Jahren«, antwortete er schließlich.

»Haben Sie ihn damals regelmäßig getroffen?«

»Nur ab und an in Kneipen, abends am Tresen.«

»Und Ihr Eindruck?«

Abel blies die Luft aus gespitzten Lippen, dann lächelte er. »Schwere Frage.« Und schließlich schilderte er, daß er Ruski nicht habe ausstehen können. Er sei ein unangenehmes Schlitzohr gewesen, der Ruski, ein mieser Typ. Er habe sich angebiedert und sei gleichzeitig hintenrum gewesen, wenn Drechsler verstehe, was Abel meine.

Drechsler nickte. »Aber Sie haben ihn doch ganz gut gekannt.«

»Ja und nein. Halt wie eine Kneipenbekanntschaft.«

»Und was wollen Sie mit ›Schlitzohr‹ sagen, war der Kerl unsympathisch?«

»Eigentlich nicht, sonst hätte ich ihn einen ›Unsympathen‹ genannt«, antwortete Abel. Er dachte nach, dann fuhr er fort: »›Schlitzohr‹, das ist was anderes. Er war unzuverlässig und verkaufte jeden, aber wenn man ihn allein traf und mit ihm sprach, war er anders. Er hatte Charme, war auch lustig, auf eine Art, die besonders auf Mädchen wirkte. Er trank viel, war aber nur selten randvoll.«

»Beherrscht?« Der Einwurf kam behutsam.

»Nein, das bestimmt nicht, vielleicht im Trinken, ja, aber sonst war Ruski eher streitsüchtig und dann auch feige ...« Abel brach ab. Nach einiger Zeit setzte er wieder an: »Ruski war immer aktiv, schien nie zu schlafen, eine Idee jagte die andere. Wirres Zeug und verblüffende Einfälle.« Abel versuchte sich Ruski und seine Art eingehender ins Gedächtnis zu rufen. Doch da war immer wieder das entstellte Gesicht des Toten in der Rechtsmedizin, das Abels Gedanken abschweifen ließ.

Der Kaffee kam, in einem artigen Service aufgetragen, Zuckerdose, Milchkännchen und Tassen, alles im Ikea-Dekor. Drechsler trank einen Schluck und schob die Tasse von sich weg in die Mitte des Tischs. Er lehnte sich mit dem einen Arm auf die Platte und beugte sich vor.

»Haßten Sie diesen Mann?«

»Er war schon ein Herzchen«, sagte Abel ironisch und rührte in seiner Tasse, ein schmales Lächeln flog über seine Lippen.

»Ich meine nur wegen seiner Ausstrahlung und wegen seiner Art?«

»Nein.« Abel sah dem Mann gegenüber in die Augen. »Ich habe mich mal mit ihm wegen eines Mädchens geprügelt, mit dem ich ausgegangen war und das er einfach angefingert hatte, und ich habe mich über ihn geärgert, weil er oft ein Schwein war, aber Haß ...? Ich bitte Sie! Nein, Haß ist etwas anderes – ich glaube jedenfalls.«

»Haben Sie Mitleid mit ihm, jetzt, wo er tot ist?«

»Auch nicht.« Abel merkte, daß die Frage tiefer saß als die anderen. Er trank einen Schluck Kaffee.

»Vielleicht doch?« fragte Drechsler und schaute vor sich auf die Tischkante. Dann sah er Abel ins Gesicht, aber nur für einen kurzen Augenblick.

»Nein«, antwortete Abel. Er beschloß, dem Blick standzuhalten. Drechsler sah zum Fenster hinüber. »Vielleicht mit der Kreatur, aber nicht mit Ruski.«

»Ich hätte auch kein Mitleid mit Ruski, aber das ist was anderes.«

»Warum?«

»Weil Ruski wirklich ein Schwein war«, sagte Drechsler.

»Kannten Sie ihn auch?« fragte Abel.

»Wenn man so will, ja.«

»Aus den Akten?«

»Ja, aus Akten, Berichten, Dossiers, allem, was unser Handwerk so produziert den lieben langen Tag. Das ist so wie in einer Geschichte, einem Roman. Der Autor beschreibt eine Figur, und der Leser macht sich in seinem Kopf ein Bild von diesem Menschen. Ein Phantasieprodukt jedenfalls, das vielleicht gar nicht so viel mit der Wirklichkeit zu tun hat. Nur daß unsere Beschreibungen weiter gehen, authentischer sind, sich intensiver mit der beschriebenen Gestalt befassen, sie durchleuchten, ausleuchten. Alles, was wir kriegen können, wird festgehalten und aufgelistet. Wir kennen die Lebensgewohnheiten dieses Menschen, seine Blutgruppe, seine Lieblingssendung im Fernsehen, seine Hobbys. Wir tragen alles zusammen. Jedes Fetzchen seiner Persönlichkeit kommt in die Registratur. Wir haben unsere Fachleute, die Psychogramme zeichnen und Handlungsmuster entwerfen. Wir beschäftigen Beamte, die sich nur mit einer Person befassen, sich mit ihr befreunden und verfeinden, ohne sie je gesehen zu haben ... Und meistens werden sie einem fremder und fremder, je mehr man erfährt. Das ist vielleicht der Unterschied zwischen der Polizeirealität und einem Roman.« Drechsler schlug ein Bein über das andere. »Auf diese Weise kenne ich den Rusinski aus Tübingen – und ich sage Ihnen, daß er ein Schwein war.«

»Wozu brauchen Sie mich, wenn Sie eh alles wissen?« fragte Abel.

»Weil an der Figur noch zu viel Phantasie und zu wenig Realität ist.«

»Ruski ist tot. Er ist weg vom Fenster. Man kann ihn auf Ihren Fahndungsplakaten ausstreichen, wie den Stoll, den Baader und die vielen anderen, wenn überhaupt einer für Ruski ein Fahndungsplakat gedruckt hat ...«

»Trotzdem.« Drechsler faltete die Hände. »Trotzdem müssen wir alles wissen. Jedes Steinchen ist wichtig für unser Mosaik, für unser Bild, das wir von den Tätern brauchen, um sie zu fassen, alles ist wichtig.«

Abel atmete hörbar durch die Nase. Der nachdenkliche Drechsler gefiel ihm nicht schlecht, aber er ließ sich nicht gerne aushorchen. Instinktiv hatte Abel etwas dagegen. Er zog die Brauen zusammen und sagte plötzlich kalt: »Und ist das mein Problem, daß Sie noch nicht genug wissen?«

»Ja.«

»Und warum, bitte schön?«

»Weil keiner auf einer einsamen Insel lebt, Herr Abel.« Drechsler kniff die Augen zusammen und wechselte die Beinhaltung. Er verschränkte die Arme und sah Abel in die Augen.

»Was meinen Sie wohl, wozu wir diesen Job hier machen?« fragte er nach einer Pause. »Nur um uns wichtig zu machen, oder vielleicht aus Sadismus, wie der SS-Mann in amerikanischen Comicstrips?«

Abel zuckte die Achseln. »Es interessiert mich nicht, warum ein Mann wie Sie für ein festes Monatsgehalt Terroristen fängt. Nicht daß ich Terroristen sympathisch fände, nur, mein Job wär's jedenfalls nicht.«

»Abwarten«, sagte Drechsler kühl, dann stützte er sich mit den Händen auf die Lehnen, schob sich aus seinem Besuchersessel hoch und ging hinaus.

Abel blieb etwas ratlos zurück. Er sah sich um. Schließlich stand er auf und begann neugierig die Einrichtung zu mustern. Der Oberkriminalrat lebte dienstlich in einem angenehmen Zimmer, geräumig, mit viel Licht, Teppichboden und Wandanstrich in Pastelltönen, alles aufeinander abgestimmt, Grundtendenz freundlich und aufgeschlossen.

Hinter dem Schreibtisch, auf dem sich Akten und lose Blätter mit Notizen häuften, hing ein Ölbild, das eine sanfte Sommerlandschaft an der See zeigte. Vom Arbeitssessel aus sah man auf den Porschekalender, eine gesuchte Rarität unter den Werbemitteln der Firma, ideal, um sich ein sportliches Image zu geben, auch wenn es privat nur für einen Mittelklassewagen reichte.

Keine Fahndungsplakate verunzierten die Wand. Es fehlten die für Amtsstuben unentbehrlichen Aktenböcke und Aushänge, die Landkarten mit Werbebanderolen und die kleine Sammlung von Postkarten von Freunden und Kollegen. Es war unübersehbar, daß sich die Bürokratie komfortabel eingenistet hatte, seit das Terrorismusproblem in der Republik existierte.

Das Seestück fesselte Abel. Es schuf eine kühle, fast introvertierte Atmosphäre in dem sonst so auf moderne Harmonie getrimmten Raum.

Ruski war ein Schwein, okay. Abel ging der Gedanke durch den Kopf, ob Männer wie Drechsler die Macht haben würden, sich ihre Terroristen kurzerhand selbst zu erschaffen. Beispielsweise, wenn es später einmal um die dienstliche Daseinsberechtigung gehen sollte, weil dem Terrorismus aus welchen Gründen auch immer der Nährboden entzogen sein könnte.

Die Feuerwehr war vor knapp fünf Minuten alarmiert worden und ausgerückt. Drei Fahrzeuge rasten mit aufgeblendeten Scheinwerfern, Blaulicht und Martinshorn, Gischtschleier von aufgewirbeltem Regenwasser hinter sich her ziehend, nach Neugereut. Dieser Flekken mit einem romantischen Namen ist eine Betonsiedlung zur Arbeiterintensivhaltung, knapp hinter Cannstatt, weit genug weg, um das Stadtbild von Stuttgart nicht nachhaltig zu stören, und nahe genug, um die Arbeitskräfte rationell zu Daimler oder in eine der anderen Fabriken zu karren. In Neugereut brannte eine Wohnung, deshalb waren die Männer gleich mit der langen Fahrleiter unterwegs, um auch an die höheren Stockwerke heranzukommen.

Für die Feuerwehr war es eine einfache Sache, den Schwelbrand mit Schaumlöschern unter Kontrolle zu bekommen, nachdem man mit Äxten die Tür eingeschlagen hatte. Der Brandmeister hatte auch schon nach zehn Minuten die Ursache in einem verschmorten Kabel in der primitiven Einbauküche entdeckt. In einer dort provisorisch angebrachten Steckdose hing ein Heizkonvektor, der auf volle Stärke gestellt war. Die Küche sah übel aus, aber die anderen Räume hatten fast nichts abbekommen. Den Männern von der Berufsfeuerwehr fiel allerdings auf, daß die Einrichtung der Wohnung erstaunlich dürftig war. Ein paar Matratzen, ein oder zwei Schränke wie vom Sperrmüll. Bücher, Papiere, Konserven und Medikamente in kleinen Stapeln in der Küche aufbewahrt, sie waren weitgehend angekohlt.

»Wer wohnt denn hier?« fragte der Brandmeister in die Mauer der Gaffer hinein, die sich vor der Tür staute.

»Weiß nicht, ich sehe manchmal ein nettes junges Pärchen hineingehen«, sagte schließlich aus einer allgemeinen Ratlosigkeit heraus der Mann, der in der Wohnung nebenan wohnte und gerade aus der letzten Phase seines Nachtschicht-Tagesschlafs geweckt worden war.

»Und wo die schaffen, das weiß keiner?« Der Brandmeister sah in die Runde. Die Leute schüttelten den Kopf.

Die herausgeschlagene Tür pendelte in ihrer Füllung. Die Männer von der Berufsfeuerwehr stocherten nach Glutnestern, und der Brandmeister füllte ein Formular aus. Eine Streifenwagenbesatzung tappte vorsichtig in die vom Löscheinsatz mitgenommene Wohnung.

Der jüngere der beiden Beamten rief halblaut: »Polizei, ist da jemand?«

»Ja«, antwortete der Brandmeister, ohne von seinem Formular aufzusehen.

Dann fiel das Wort »konspirative Wohnung«, worauf sich die Streifenwagenbesatzung klugerweise unverzüglich zurückzog, um Meldung zu machen, gefolgt von Nachbarn, die sich plötzlich in dem anonymen Haus nicht mehr anonym genug fühlten und von den beiden jungen Beamten wissen wollten, ob ihnen etwas geschehen könne, bloß weil man das junge Pärchen verraten habe, immerhin habe man ja nicht beabsichtigt ...

Unterdessen war durch die Nachricht von der konspirativen Wohnung ein Teil der sonst eher behäbigen Stuttgarter Polizei in einen Ameisenhaufen verwandelt worden, denn bei Verdacht auf Terrorismus war man im Schatten von Stammheim und am Wohnsitz des amtierenden Generalbundesanwalts sehr empfindlich, zumal der Verdacht in diesem Fall von Beamten einer Streife geäußert worden war und nicht nur ein Tip aus der Bevölkerung vorlag.

Drechsler war zurückgekommen. Abel wandte sich von dem Gemälde ab.

»Das ist Herr Gaus.« Drechsler deutete auf einen Mann, der neben ihm stand und eine klobige Pfeife zwischen den Zähnen hielt. »Spezialist für Rusinski, sozusagen der Pate des Toten bei uns. Einer, der sich ganz besonders gut auskennt.«

Abel verschränkte die Hände hinter dem Rücken.

»Setzen wir uns.« Drechsler ging zum Besuchertisch. Behutsam legte er eine Akte vor sich zurecht, allerdings mit der Titelseite nach unten. »Erfahrungsaustausch.«

Auch Gaus legte Akten vor sich hin. Er sah zu Abel hinüber und zog an der Pfeife, daß der Sud in der Glut knisterte. Gezielt begann er Abel nach Ruski zu fragen, nach seinen Erlebnissen, nach Eindrücken von dem Toten und nach dessen Leben, so wie Abel es am Rande beobachtet hatte. Alles interessierte ihn. Auch wenn Abel sich nicht mehr präzise an einzelne Zusammenhänge erinnern konnte und schon gar nicht an Daten, vermochte Gaus jedes Detail mit anderen Informationen zu koordinieren.

Schließlich fragte der Beamte nur noch nach persönlichen Wertungen. Abel gab lustlos, fast mürrisch Antwort, so gut es eben ging. Dabei beobachtete er, wie er jetzt, nachdem Ruski tot war, eher zu einer milderen Beurteilung neigte. Drechsler hatte sich die Akte genommen, die Gaus mitgebracht hatte, und blätterte während des Gesprächs darin herum, die Titelseite noch immer so haltend, daß Abel nicht daraufblicken konnte. Er stellte kaum Zwischenfragen. Über die Akte hinweg beobachtete er die beiden Männer. Mit der Zeit schien es, als unterhielten sich zwei Bekannte über einen dritten, den man zwar nicht ausstehen kann, der aber eine gewisse Bedeutung hat. Gaus, ein stur und zielstrebig wirkender Hesse mit Seehundschnauzer und Aknenarben, sprach gelassen und sicher. Er führte das Gespräch, ohne sich eine Notiz zu machen. So nach und nach kam doch einiges an Informationen zusammen. Beispielsweise über die Drogendeals von Ruski.

Bis Abel plötzlich sagte: »Ihr wickelt mich ganz schön ein.«

»Wie meinen Sie das?« fragte Gaus.

»Als Denunziant bin ich eine schlechte Nummer.«

»Denunziant?« Drechsler lächelte spitz.

»Was passiert den sonst hier bei diesem ...« Abel suchte ein Wort. »Ja, bei diesem Intimgespräch über das kurze Leben von Ruski?«

Zum erstenmal lachte Gaus. »Den hawwe mir ja schon, den Ruski, da gibt's nix mehr zu denunzieren!«

»Man kann auch tote Menschen denunzieren!«

Drechsler schüttelte den Kopf über soviel Sturheit. »Kapieren Sie denn nicht, daß uns nicht jeden Tag einer die Leiche eines Terroristen auf den Acker legt, ohne

Kommentar und ohne Ankündigung, hier geht es nicht um eine Steuerhinterziehung oder was man sonst im allgemeinen so zu den Kavaliersdelikten zählt ...«

»Ja, es geht um den Bestand der Nation!« unterbrach Abel in giftigem Ton.

Drechsler wechselte einen kurzen Blick mit Gaus, dann lehnte er sich zurück.

»Es hat den Anschein, als würde unser Freund Abel dem Terrorismus und den Politkriminellen nicht unerhebliche Sympathie entgegenbringen«, sagte er gedehnt.

»Wäre das verboten?«

»Nein, aber aufschlußreich.«

»Aha.« Abel spürte, wie ihm nun Wut im Bauch hochkroch. »Nun haben wir aber doch bei uns die Freiheit, zu sympathisieren, mit wem oder was wir wollen. Oder?«

»Und der Staat hat die Freiheit, es aufschlußreich zu finden, wer beispielsweise mit dem Terrorismus sympathisiert«, sagte Drechsler und lächelte mild. Ihm fiel nicht auf, daß er sich kurzerhand mit dem Staat gleichsetzte.

»Merken Sie denn nicht, wie schon die Sprache aus dem Ruder läuft?« sagte Abel plötzlich in hartem Ton. »Ihr habt das Wort Sympathie diskreditiert. Inzwischen ist es schon so weit, daß man nicht mehr mit radikalen Ideen ›sympathisieren‹ darf, ohne daß ein Bulle gleich eine Anzeige im Kopf formuliert.«

»Na!«

»Sympathisieren heißt aber nicht, derselben Meinung zu sein. – Überhaupt Stuttgart, diese Stadt, wo der Terrorismus verwaltet wird. Stammheim! Wenn ich schon den Namen auf der Straßenbahn lese, läuft es mir kalt den Rücken hinunter.« Abel schüttelte heftig den Kopf.

»*Wir* haben nicht mit dem Terror begonnen«, beharrte Drechsler. »Wir haben keine Menschen entführt und gequält und dann erschossen wie ein Stück Vieh. Wir haben keine Bomben geworfen, die wahllos Unschuldige treffen. Wir nicht. Wir haben nur dafür zu sorgen, daß der Spuk aufhört ...«

Gaus stocherte mit dem Stiel seiner Pfeife in die Luft: »Der ordentliche Bürger spürt nichts von unseren Maßnahmen. Wir gehen gezielt vor - wenn Sie schon bei der Sprache sind: Wir reden von ›Zielfahndung‹ und nicht von Flächenbombardement.«

»An diesem Ziel liegt dann eine Strecke von Leichen, gezielt befahndet und gezielt umgelegt: den Stoll in einem China-Restaurant, die van Dyck und den Engländer in seiner Wohnung im Asemwald, und was weiß ich noch wen.«

»O Gott, es ist so einfach, solchen Stuß zu reden.« Gaus schlug sich mit der Hand vor die Stirn. »Ich wünsche es Ihnen nicht, plötzlich vor der Mündung eines mit Dumdum-Munition geladenen Revolvers zu stehen und dann selbst ziehen zu müssen.«

»Und Schleyer?« fragte Abel. »Keiner hat doch den kapitalistischen Staat mehr verkörpert als er. Damit hat er sich weit exponiert. Er ist ein erhebliches Risiko eingegangen, und wenn es dann soweit ist, dann darf man nicht schreien, wenn er Opfer wurde.«

»Klammheimliche Freude?« fragte Gaus und zog die Augenbrauen hoch.

Abel sah dem Beamten gerade ins Gesicht. »Ja«, sagte er, »ja, auch wenn es ein Strafverfahren nach sich zieht, weil ich dies zwei Bullen auf den Kopf zusage.«

Plötzlich lachte Drechsler und schüttelte den Kopf. »Mann, sind Sie naiv«, sagte er und tippte sich mit seinem Zeigefinger an die Schläfe. »Ich kenne allein bei uns im Amt zwei Leute, die bestimmt dreimal so klammheimlich froh waren, als der letzte Generalbundesanwalt erschossen wurde, froher als die Göttinger Mescaleros, die man wegen des Zitats bestraft hat oder die armen Schweine, die den Text nachgedruckt haben. Es ist halt ein kleiner Unterschied, ob man sich klammheimlich freut oder ob man seiner Freude Ausdruck verleiht.«

»Es gibt Leute, denen Taktik zuwider ist,« knurrte Abel, »die es vorziehen, einfach ihre Meinung zu sagen.«

»Und von Vater Staat«, fuhr Gaus bitter fort, ohne auf Abel einzugehen, »von Vatter Staat gibt's einen Kranz aufs Grab, wenn es einen von uns erwischt, und der darf nach einer Dienstanweisung dieses Hauses«, er deutete mit der Pfeife auf den Fußboden, »nicht mehr kosten als neunundachtzig Mark.«

Abel nickte irgendwie zustimmend. »Aber etwas muß doch dran sein, daß man den Job trotzdem macht.«

»Sie werden es nicht glauben, aber es ist die Überzeugung, daß wir das Problem nur dann in den Griff kriegen, wenn es Leute gibt, die überhaupt versuchen es anzupacken – oder sind Sie ernsthaft dafür, daß dieser Terror weitergeht?«

»Sicher nicht«, sagte Abel.

»Aha.«

»Ich bin aber deswegen nicht automatisch dafür, Bürgerkrieg zu spielen. Es gibt ja auch andere Methoden.«

Eine Sekretärin kam herein, musterte Abel ohne Gruß und beugte sich zu Gaus herab, dem sie etwas zuflüsterte. Der Polizist stand sofort auf und verabschiedete sich, ohne einen Grund dafür zu nennen. Abel schloß aus dem Blickwechsel zwischen ihm und Drechsler, daß etwas Wichtiges vorgefallen sein mußte.

Er nutzte die Gelegenheit, sich ebenfalls zu verabschieden. Drechsler hielt ihn nicht davon ab. Abel stritt unheimlich gerne ums Prinzip. Aber nicht unbedingt mit Terrorfahndern.

Als Abel gegangen war, drehte Drechsler die Akte um, die seit einer Stunde vor ihm lag. »Abel, Jean« stand auf dem Dossier, das schon lange hätte vernichtet sein sollen, denn Abels alte Vorstrafe aus der wilden Zeit 68/69 wegen »Landfriedensbruch u. a.« war längst unter die Amnestie gefallen. Drechsler blätterte abwesend in dem Hefter und vermerkte mit Kuli auf einem Gesprächszettel am Schluß mit Tagesdatum: »Unauffällig, ohne Erkenntnisse.« Dann unterschrieb er und rief seine Sekretärin.

Sonntag, 9. August

»Holla«, sagte Abel, als er die letzten Stufen zu seiner Dachwohnung hinaufstieg. Er kam von einer Partie Boule vom Schloßplatz vor dem Kunstgebäude, bei der er einen schönen Erfolg mit 13:10, 8:13, 13:11 in drei hart umkämpften Sätzen gefeiert hatte. Die dicken Metallkugeln beulten die Taschen seines Mantels aus. Seine Seele fühlte sich wie frisch geduscht an, denn sein Gegner, ein junger Erfolgsanwalt namens Kramer mit frankophilen Neigungen hatte eine Flasche Riesling ausgegeben.

Gaus lehnte oben am Treppengeländer und hielt einen »Spiegel« auf dem Schoß, in dem er schon seit fast einer Stunde gelesen hatte. Als Abel heraufkam, klappte er die Zeitschrift zu und rollte eine Papierröhre.

»Tag«, antwortete er und stand auf.

Abels Stimmung war hin. »Besuch für mich?«

»Ja.« Der kleine, korpulente Beamte nickte.

»Sonntags?« Abel zog die Brauen zusammen. »Und warum persönlich und nicht per Telefon oder per Funkstreife?« fragte er.

»Weil wir weder so doof noch so borniert oder arbeitsscheu sind, wie Sie glauben, gell.« Das Hessische kam wieder durch.

»Würde mich freuen, aber ich habe da so meine eigenen Erfahrungen.«

Abel schloß auf. Es sah nicht so aus, als wollte Abel den Polizisten hereinbitten.

»Darf ich rin in die gut Stubb?« bat Gaus.

Abel zögerte, hielt Gaus dann aber doch die Tür auf. Der Beamte trat ein.

»Schön hawwe Sie's hier«, sagte er höflich. So wie Abel wollte Gaus nie hausen.

»Hören Sie auf damit.« Abel wußte genau, daß seine winzige Dachwohnung mit den beiden Zimmern, die ineinander übergingen und der spärlichen Möblierung kaum in das gängige Bild vom schöneren Wohnen paßte.

»Und was liegt an?«

»Schwierig.« Gaus kramte eine Pfeife aus der Tasche. Abel störte der Qualm nicht, weil sein Freund Paloff den Tschibuk ja nie ausgehen ließ.

»Es könnte sein, daß mir Ihre Hilfe brauche.«

»Meine Hilfe?« Abel starrte den Beamten an. »Und warum ausgerechnet ich und nicht irgendein anderer? Es gibt so viele strebsame Referendare, die stolz wären, wenn ...«

»Ich versteh Sie ja, wenn Sie sich mit unserem lieben Freund Drechsler anlegen und dort de Molly mache.«

»Was heißt hier ›Molly machen‹, mir ist es ernst mit dem, was ich sage, auch wenn das nicht in Ihr Bullenhirn will.« Abel lächelte.

Gaus atmete tief aus. Er legte beide Hände vor sich platt auf den Tisch und kaute auf dem Mundstück seiner Pfeife. Einen Augenblick starrte er auf seine Fingerspitzen, dann sah er von unten an Abel hoch. Es wäre falsch gewesen anzunehmen, daß ihm das folgende leicht über seine Lippen kam.

Leise und langsam sagte Gaus: »Überlegen Sie mal in Ruhe, Herr Abel, da kommt das LKA zu einem, der wegen Landfriedensbruch vor dem Richter gestanden hat, weil er bei einer Demonstration gegen den Vietnam-Krieg mit einer drei Meter langen rot-weißen Absperrlatte einen Polizisten vom Pferd gehauen hat, zu einem, der wegen Mordverdacht schon mal in U-Haft war, und bittet ihn um Hilfe.«

Abels Augen verengten sich zu einem Schlitz. Druck! So konnte man ihm nicht kommen. Der Polizist fuhr fort. »Okay, diese Dinge sind rein aktenmäßig vergeben und vergessen. Doch da bleibt was – trotz dem und trotz eines aggressiven Gesprächs über Sinn und Funktion der Terroristenfahndung kommt das LKA zu Herrn Abel, obwohl dort jedem bekannt ist, daß es strebsame Referendare genug gibt.«

Wenigstens war der Typ offen. Ehrlichkeit imponierte ihm, weil er selbst manchmal bis an die Grenze des Erträglichen seinen Mitmenschen die Meinung sagte. Beide schwiegen.

»Wenn ich nicht spure, gibt's Schwierigkeiten?«

»Nein, ich will nur meine Lage schildern. Für uns sind Sie mehr als ein unsicherer Kantonist. Und ich gehe in den Augen einiger Leute ein hohes Risiko ein, wenn ich Ihnen klaren Wein einschenke. Drechsler hat es mir sogar verboten.«

»Ruski?«

»Ja, Stichwort Rusinski«, begann Gaus dann und räusperte sich.

Abel hörte ruhig zu. Der Beamte sprach jetzt förmlich und hochdeutsch.

»Im Grunde könnte der Fall bei uns jetzt zu den Akten kommen, und ich müßte mir ein neues Patenkind suchen.« Gaus lächelte und schüttelte leicht den Kopf. »Doch da ist noch ein Problem«, fuhr er fort, »wer hat Ruski umgebracht?«

»Das ist doch Sache der Kripo.«

»Tja, wenn es nicht unsere Freunde aus dem Untergrund waren, die Ruski ausgeblasen haben.«

»Fememord?«

»So nennt man das wohl«, sagte Gaus und bat um Streichhölzer. Abel stand auf und begann auf seinem Schreibtisch herumzukramen. Er selbst rauchte ja nicht, aber Ernie Paloff ließ hie und da mal eine Schachtel Streichhölzer liegen.

Abel fragte: »Gibt's Anhaltspunkte?«

»Vielleicht.«

»Was heißt ›vielleicht‹? Wie soll ich helfen, wenn ich nichts weiß?«

»Nun, Sie können sich denken, daß das auch nicht so ganz unproblematisch ist.«

»Ach so, ja. Abel, der unsichere Kantonist.«

»Richtig.« Gaus grinste zu Abel hoch, der vor ihm stand. »Ich persönlich halte Sie für ein Rauhbein und für einen geraden Kerl. Wenn Sie mir sagen, daß Sie mitmachen, bin ich offen. Ich geh auch ein hohes persönliches Risiko ein.«

Abel warf ein halbvolles Streichholzheftchen vor Gaus auf den Tisch. Er zog einen Stuhl mit der linken Hand herbei und setzte sich rittlings in einige Entfernung von Gaus, so daß er auch die Körpersprache des Polizisten deuten konnte. Abel sah den Mann prüfend von der Seite an.

Gaus hielt dem Blick stand und zog an seiner Pfeife.

»Wir Bullen klagen nicht an, und wir sprechen keine Urteile; das ist Ihre Zunft, die Justiz.« Gaus zeigte mit der Pfeife auf Abels Brust. »Nur soviel noch zu unserem Gespräch neulich.«

»Weiß ich, ich werde weder Richter noch Staatsanwalt.«

Gaus, der gerne Staatsanwalt geworden wäre, wenn das Geld für ein Jurastudium gereicht hätte, nickte. »Wir kommen deshalb auf einen Fememord, weil wir ein sogenanntes Vernehmungsprotokoll gefunden haben, in dem jemand Fragen eines nicht näher identifizierten Volksgerichts beantwortet.«

Der Fall Rusinski begann Abel immer mehr zu fesseln. Ein Mensch, den man zu kennen geglaubt hat ..., und dann wird Schicht um Schicht dieses Bildes abgetragen und verändert sich. Das weckte Abels Neugier. Er versuchte sich das aber nicht anmerken zu lassen.

»Es geht in dem Protokoll um Verrat. Darauf steht der Tod.« Er sei sicher, daß Ruski die Antworten gegeben habe. Andre hätten Zweifel. Er nicht. Es sei genau sein Stil gewesen, unklare Anschuldigungen heftig zu bestreiten und sofort die unbestreitbaren Tatbestände zu erkennen und anzuerkennen – aber zugleich eine passende Interpretation zu geben.

»Ruski, das Unschuldsengelchen.« Abel lächelte.

Gaus stand auf und trat ans Fenster, um Abels Blick auszuweichen. Er begann seine Pfeife zu stopfen und sah dabei hinunter auf die Straße, in der eine bläßliche Sommersonne verwaschene Schatten malte. Ohne sich zu Abel umzudrehen, sagte er:

»Und zweitens sollten Sie wissen, daß wir Ruski umgedreht haben.«

»Sauber.«

Gaus drehte sich um. »Es war seine Schuld, wenn es so gelaufen ist.« Auf Abels Blick insistierte der Polizist. »Er ist aus dem Ruder gelaufen. Sie kannten ihn doch.«

»Was genau wollen Sie von mir?«

»Erst einmal, daß Sie zuhören. Zweitens, daß Sie schweigen.«

Ohne den Blick von seinem Besuch zu wenden, griff Abel in die Schublade, zog Bleistiftstummel und Papier heraus und begann den Lebenslauf des toten Rusinski mitzuschreiben. Die Ermittlungsergebnisse gaben ein deutliches Bild, in dem kein wesentlicher Aspekt fehlte. Die von Gaus fast monoton rezitierten Tatsachen, säuberlich chronologisch geordnet, setzten Schlaglicht um Schlaglicht auf die Vita des Toten. Es schien Abel bei diesem Bericht, als leuchte man eine dunkle Bühne, auf der vorher nur eine Kerze brannte, mit einem Scheinwerfer Stück für Stück aus und treffe aber doch nur die Kulissen.

Kurt Rusinski, geboren am 3. Januar 1948 in Chemnitz, dort bei den Großeltern aufgewachsen, 1960 Flucht mit der Mutter, nach deren Scheidung vom Vater, in den Westen. Zunächst in Dortmund in der Schule, dann in Reutlingen. Verspäteter Hauptschulabschluß mit mäßigen Zensuren. Ein Jahr Lehre als Bäkker. Lehre abgebrochen. Bis 1965 als Hilfsarbeiter im Baugewerbe. In dieser Zeit erste Verurteilung vor dem Jugendrichter: Zweimal Ladendiebstahl in einem Schallplattengeschäft und in einem Zubehörhandel für Mopeds. Dann 1965 das erste größere Ding: fortgesetzter gemeinschaftlicher Einbruchdiebstahl, Fahren ohne Fahrerlaubnis und Trunkenheit am Steuer.

Vor der Jugendstrafkammer gibt Rusinski an, daß er durch die Mittäter – beide sind älter als er – zur Tat verleitet worden sei. Die Richter glauben ihm nicht. Verurteilung zu Jugendarrest, allerdings noch auf Bewährung.

Es ist nicht ohne Ironie, daß Rusinski erst durch seinen Bewährungshelfer in eine Automechanikerlehre kommt – ohne Vorstrafe hatte er dies vergebens versucht. Die Lehre fesselt den Auto- und Motorradnarren. Er schneidet überdurchschnittlich ab, will Rennmechaniker werden, selbst Rennen fahren, Kart, Tourenwagen, Bergrennen, Rallye – egal, Ruski steht an den Wochenenden immer am Rand der Piste, wenn die Motoren röhren, und redet, als habe er die Zukunft schon in der Tasche. In dieser Zeit ist es ruhig um ihn. Bis man ihn entlassen muß, weil er immer wieder Ersatzteile klaut, um sein eigenes Auto zu tunen und umzurüsten.

In den folgenden Jahren wechselt er die Stellen mehrmals. Man verurteilt ihn zweimal wegen Hehlerei – er hatte mit gestohlenen Hochleistungsstoßdämpfern gehandelt – und wegen Autodiebstahl. Damit verliert er zum letzten Mal eine feste Anstellung. Dann gibt er die regelmäßige Arbeit auf. Er hat sich in Tübingen eingenistet, es ist die Zeit, aus der ihn Abel kennt. Er hält sich zunächst mit ambulanten Kraftfahrzeugreparaturen an Studentenautos über Wasser. Dann steigt er auf die vielen Gelegenheitsjobs um, die ihn in der Szene bekannt gemacht haben. Beim Transport von tausendfünfhundert Gramm schwarzem Afghan für Abnehmer aus akademischen Kreisen wird er wieder einmal festgenommen und zu siebzehn Monaten Freiheitsstrafe verurteilt. – So weit aus polizeilicher Sicht die Durchschnittskarriere eines kleinen Gelegenheitskriminellen.

»Das ist doch nichts für die Terroristenfahnder, die stärkeren Tobak gewohnt sind«, warf Abel dazwischen.

»Für uns beginnt das kurze Leben Rusinskis erst nach seiner Haftentlassung. Eine Zeit, in der er in den

Dunstkreis der auch in Tübingen residierenden Politterroristen der – noch – ersten Generation gerät. Es gibt zuverlässige Anhaltspunkte dafür, daß Ruski als eine Art Faktotum dient und sogar Kontakte zu späteren inhaftierten Spitzenleuten hat. Er ist als Beschaffer von allerlei Nützlichem, von der Wohnung bis zum Mietwagen, tätig und bezieht dafür wohl auch eine nicht unwesentliche Apanage. Und für Geld war Ruski ... Sie wissen ja.«

Abel nickte.

»Da Rusinski unter den Studenten in finanziellen Dingen ohnehin als völlig undurchschaubar gilt, wundert sich niemand darüber, wenn er Geld hat, genausowenig wie es erstaunt, wenn er keines hat und jeden anfleht und alles verkauft, was er gerade besitzt – bis auf sein jeweiliges Auto. Die vielen Mädchen, die mit Ruski auf die eine oder andere Weise zu tun bekommen, hören bisweilen abenteuerliche Stories über seine geheimen Kontakte, freilich ohne es zu glauben, denn sie mögen ihn nicht wegen seines konspirativen Lebenswandels, sondern weil er ein charmanter Kerl sein kann.«

Richtig, es lief anscheinend eine ganze Zeit lang gut für Rusinski, so gut, daß er keine der kleinen Gaunereien mehr nötig zu haben schien. Abel erinnerte sich noch daran, daß Rusinski einmal sagte, daß er jetzt besser im Geschäft sei denn je.

»Doch die guten Geschäfte des Kurt Rusinski enden abrupt am 30. Oktober vor vier Jahren. An diesem Tag fällt er wieder in die Hände der Polizei – diesmal wird er unser Kunde. Drei Tage zuvor war Rusinski zum vierten Mal innerhalb kurzer Zeit im Einwohnermeldeamt von Ehingen, einer kleinen Stadt auf der Schwäbischen Alb, erschienen und hat sich ein weiteres Formular für einen Paß-Antrag abgeholt, das Blatt erneut in der Dienststelle ausgefüllt und ist dann wieder mit dem ausgefüllten Papier verschwunden. Dieses Verhalten hatte eine ältere Angestellte des Amtes mißtrauisch gemacht. Entweder einer will einen Paß, dann gibt er das Formular ab, oder er hat Paßbilder oder sonst etwas zu Hause vergessen, dann nimmt er möglicherweise das ausgefüllte Formular einmal mit, liefert aber alles zusammen beim nächsten Besuch wieder ab. Viermal kommt keiner.

In Ehingen auf der Schwäbischen Alb kann man sich zwar nicht so recht vorstellen, was einer von der Meldebehörde will, denn die Gebührenkasse enthält selten mehr als hundert Mark, dennoch ist die Angestellte vorsichtig, man kann ja nie wissen, und notiert die Nummer des schwarzen BMW, in dem der seltsame Besucher zuletzt fortfährt.

In der nächsten Nacht wird in dem Amt eingebrochen. Unbekannte Täter entwenden - offenbar über die Örtlichkeiten bestens informiert – Blankoformulare für Pässe und Ausweise, Stempel, Prägestöcke, Heftmaschinen, ja sogar Stempelkissen werden als abgängig gemeldet. Nur die Gebührenkasse bleibt an ihrem Platz.

Die notierte Autonummer wird zum Schlüssel in diesem Fall. Zwar ist der BMW in Stuttgart am Flughafen mit falschen Papieren gemietet worden, doch wegen der strammen Gangart, die Rusinski allen Fahrzeugen, die er benutzt, abfordert, bekommt der Mietwagen einen Ventilschaden und steht, statt frisch gewaschen für den nächsten Kunden bereitgehalten, in einer Werkstatt auf dem Hof, weil er noch nicht zur Reparatur an der Reihe ist.

Die Jungs von meiner LKA-Truppe beschlagnahmen den BMW, laden ihn auf und fahren ihn zur Spurensicherung. Dort findet man überall Fingerabdrücke, die an Hand der erkennungsdienstlichen Unterlagen schnell Rusinski zugeordnet werden.

Am selben Tag gegen sechzehn Uhr läuft Rusinski einem achtköpfigen Greifkommando in die Arme. Er läßt sich ohne Gegenwehr festnehmen und wird unverzüglich nach Karlsruhe zum Ermittlungsrichter beim Bundesgerichtshof überstellt, bei dem schon ein Beamter des Generalbundesanwalts Haftbefehl beantragt hatte. Denn niemand hatte den geringsten Zweifel, für wen die Papiere und Werkzeuge gebraucht wurden.«

»Ruski findet sich in der obersten Etage der deutschen Terroristenabwehr wieder.« Grotesk fand Abel diese Karriere. Grotesk, aber durchaus vorstellbar.

Gaus nickte und sagte: »Ich war nicht dabei, aber es muß in dieser Nacht eine denkwürdige Verhandlung hinter verschlossenen Türen gegeben haben. Ruski, anwaltlich nicht vertreten, hat wieder einmal seine Situation schnell erkannt und sicher eingeschätzt: entweder jahrelange U-Haft und danach eine üppige Freiheitsstrafe wegen Unterstützung einer kriminellen Vereinigung und Beihilfe zum Einbruch oder bedingungslos auspacken. Etwas anderes gab es nicht. Ruski entscheidet sich für die zweite Lösung, die der Polizei drei spektakuläre Verhaftungen und Ruski die Freiheit, zehntausend Mark Kopfgeld und eine dürftige neue Existenz in Freiburg als jederzeit abrufbarer Kronzeuge der Terroristenjustiz einbringt.«

»Deswegen war er wie vom Erdboden verschluckt!«

Gaus nickte. »Drei Jahre lebte Rusinski außerhalb der Schatten seiner Vergangenheit. Wir haben uns immer ein bißchen um ihn gekümmert. Und er ist auch ziemlich solide geworden. Auf einmal ist er vor drei Wochen verschwunden, ohne eine Spur zu hinterlassen«, sagte Gaus und klopfte mit dem Zeigefinger auf die Tischkante.

»Bis man seine Leiche fand«, ergänzte Abel.

»Tja.«

»Und wo liegt da mein Job?«

»Wir müssen wissen, was in diesen drei Wochen mit Ruski passiert ist.«

»Verständlich.«

»Ja, und dabei müssen Sie uns helfen, Abel.«

»Müssen?«

Gaus ging erst gar nicht auf den Einwurf ein. »Geben Sie doch zu, daß es Sie auch interessiert, was mit dem Ruski los war.«

Klar war das der Fall. Sonst hätte Abel den Polizisten schon längst hinauskomplimentiert. Aber er gab es nicht zu. Sie redeten hin, redeten her.

»Und außerdem sollte die Information vom Fememord unauffällig an bestimmte Leute gelangen.«

»Mhm.« Abel massierte sich mit der linken Hand die Nasenwurzel.

Gaus legte nach: »Es ist doch egal, wo Sie Ihren Job als Referendar herunterreißen, ob beim arbeitsscheuen Staatsanwalt Luther mit seinen Indem-Sätzen oder bei uns.«

Abel sagte: »Alles dieselbe Mischpoke, aber der Luther versteht wenigstens was vom Film.«

Gaus grinste in sich hinein und nickte. Ihm war klar, daß er einem wie Abel nicht mit seinem Hobby imponieren konnte, trotzdem erwähnte er es:

»Ich versteh was von Modellflugzeugen. Und beim Luther gibt's keine Spesen, aber bei uns. A13, wie'n Oberkriminalrat.«

Abel nickte. Geld war bis zu einem gewissen Punkt immer ein gutes Argument für ihn. Er hatte immer Schulden. Weiß der Teufel, warum der Elsässer Riesling immer so teuer ist und das eine oder andere bessere Essen – leben muß der Mensch. Nur verkaufen würde

Abel sich nie; aber eine angemesse Bezahlung und Spesen ... Gaus stand auf und verstaute die kalte Pfeife in der Tasche seiner ausgebeulten Hose.

»Was sind Sie eigentlich bei diesem Haufen?« fragte Abel.

»Mädchen für alles.«

»Dienstbezeichnung?« Abel blieb hartnäckig.

»Oberkommissar.« Der kleine blonde Mann sagte von der Tür her: »Drechsler denkt, daß ich Ihnen nicht alle Informationen gegeben habe. Das sollte auch so bleiben.« Bevor er verschwand, setzte der Polizist hinzu: »Wir werden Sie im Auge behalten, damit nichts passiert, wenn Sie in Freiburg sind.«

Als Gaus die Tür schloß, begannen die Glocken ihr feierliches Geläut, und Abel beschloß, noch einmal ins Bett zu gehen. Siesta.

Montag, 10. August

Die Versetzungsverfügung erreichte Abel am frühen Montagmorgen um acht per Einschreiben-Eilboten. In dem knappen Schreiben hieß es, daß Abel im Rahmen der Strafrechtsstation seines Vorbereitungsdienstes, wie das Referendariat im Amtsdeutsch heißt, zum Landeskriminalamt versetzt werde und daß er dort dem Oberkriminalrat Drechsler zur Ausbildung zugeteilt sei.

»Bin gespannt, was ich dort erlebe«, knurrte er vor sich hin und steckte, eine Tüte mit frischen Brötchen unter dem Arm, das Schreiben wieder zurück in den braunen Amtsumschlag. Im Bäckerladen hatte er seine Post überflogen. Werbesendungen, Rechnungen und die Versetzung. Er schlenderte auf dem Bürgersteig dem Strom geschäftiger Hausfrauen entgegen und versuchte im Gehen, Briefe und Brötchen unter das Kinn geklemmt, die Zeitung an der Stelle mit den Sportberichten aufzuschlagen.

Nachdem ihm das gelungen war, ging er weiter, einen halben Blick in der Blickensdörfer-Sport-Kolumne über den neuen VfB-Trainer und die Abstiegsprobleme, Themen, die Abel je nach Laune täglich neu zu fesseln im Stande waren, überquerte die Fahrbahn und ging nach Hause, um sich sein Frühstück herzurichten.

Schon von der Treppe her hörte er das Telefon klingen. In aller Ruhe schloß er auf. Das Telefon läutete penetrant weiter. Gaus wird das sein, dachte Abel und warf alles, was er in den Händen hielt, auf den Besuchersessel, um den aufdringlichen Terroristenfahnder gleich mal richtig in den Senkel zu stellen, wenn er schon um halb neun einen Christenmenschen mit dem Telefon belästigt.

Doch es war nicht der dicke Blonde vom LKA, sondern ein Mädchen namens Kerstin, das verteufelt lang, hübsch und brünett war. Weil sie einen Mann suchte, der mindestens zwei Meter lang war, hatte Abel nur ein Kumpelverhältnis mit Kerstin. Bisher jedenfalls. Abel ist keiner, der schnell aufgibt. Von seinen spärlichen Einwürfen begleitet, während er das Frühstück richtete und im Chaos seiner Küche nach einer spülbaren Kaffeetasse suchte, plapperte sie ein Viertelstündchen über den gestrigen Abend.

Abel hörte lachend und sachverständig kommentierend zu, wie sie von ihrem gewonnenen Basketballpunktespiel berichtete und davon, daß alle Mädchen aus der Mannschaft danach mit dem Trainer, einem Schwarzen mit unheimlich sexy Bewegungen, noch in eine Disko gegangen seien und daß sie sicher sei, daß die Center-Frau, die ja nichts kennt und auch kleinere Männer nimmt, später den Trainer abgeschleppt habe.

Unterdessen hantierte Abel, den Hörer zwischen Schulter und Ohr eingeklemmt und den Apparat in der linken Hand, mit dem Tauchsieder und dem Pulverkaffee und machte freundliche Komplimente und versuchte das Problem der Körperlänge herunterzuspielen. Scheinbar hatte das Beispiel der Center-Frau Kerstin nachdenklich gemacht, denn sie schlug vor, Abel morgen abend zu treffen.

»Nur so. Für'n Saft oder ne Cola.«

»Schade«, sagte Abel und biß in ein Laugenbrötchen, das er dick mit Butter bestrichen hatte. »Es geht echt nicht.«

»Warum?«

Er merkte, daß das Mädchen eingeschnappt war.

»Ich muß fort, verreisen«, sagte Abel mit vollem Mund.

»Allein?«

»Ja.« Abel hielt die Schwurhand nach oben, obwohl das am Telefon nicht zu sehen war. Schon hatte er Grund, sich über seinen neuen Job zu ärgern.

»Schade eigentlich«, sagte das Mädchen. »Tschau.«

In der Freiburger Mensa, wo er gleich nach seiner Ankunft essen wollte, blitzte er an dem Verkaufsschalter für Essenmarken ab, weil er keinen Studentenausweis hatte. Auch die – kaum neue – Ausrede, er habe das Papier vergessen, zog nicht. Aber schon der dritte Student, den er ansprach, verkaufte ihm einen Bon. Abel ging an die semesterferienleeren Schalter und schaute in die Töpfe. Nicht ohne Grausen wählte er Krautwickel. Es war eigentlich egal, was er sich aussuchte, er beabsichtigte nicht, sich in der Freiburger Mensa zu ernähren. Er hatte aber etwas zu erledigen.

Mit sicherem Blick suchte er sich einen »Stammtisch« heraus, um dort zu ersten Kontakten zu kommen. Denn auch bei einer Massenabfertigung in der Mensa einer modernen Universität gab es beliebte Tische, weniger beliebte und solche, an die man sich nur zur Not setzen mochte, obwohl die Architekten dieser Freßmaschinerie alles möglichst hell, bunt und funktionell geplant hatten. In den wenigen Ecken, die nicht von allen Seiten sofort eingesehen werden können, sind die Stammtische, die sich äußerlich in nichts von den anderen unterscheiden, nur dadurch erkennbar, daß dort die alten Studenten, die Leithirsche der akademischen Verbindungen und die Macher der politischen Gruppierungen, voneinander streng getrennt, beisammensitzen, um beim Essen ein wenig zu schwätzen und hinterher bei einer Tüte Milch noch ein wenig hocken zu bleiben. Da werden hochschulpolitische Deals genauso eingefädelt wie Geschäfte, werden Beziehungen aufgenommen, Verbindungen geknüpft. Soll keiner sagen, die Uni sei nicht eine Schule fürs Leben.

Natürlich verbot es keiner einem anderen, sich an einen Stammtisch zu setzen. Es war halt nur nicht üblich. Abel wußte das. Er hatte lange genug studiert und war selbst Mitglied und Leithirsch an den verschiedenen Stammtischen in Tübingen gewesen. Abel entschied sich für den Stammtisch, wo die Herumsitzenden von ihrem Äußeren in die Sympa-Szene zu passen schienen. Er vermutete, daß Ruski in Freiburg nicht konsequent das Unimilicu gemieden hatte. Vielleicht war er dem einen oder anderen Aktivisten dabei aufgefallen. Nach seinem Verschwinden hatten ihn bestimmt ein paar Leute gesucht. Was immer sie mit ihm besprechen wollten, sein Signalement dürfte in den einschlägigen Kreisen bekannt gewesen sein.

Auf dem Tisch lagen Flugblätter, deren Überschriften Abel signalisierte, daß Abel am richtige Platz saß: »Dem Großkapital auf die Finger schlagen!« »Die Großkonzerne für das Volk enteignen.« Als ob die sich das so einfach bieten lassen würden, dachte Abel. Wenn Ruski jemandem von den Kommandos auf die Sprünge gekommen war, liefen die Informationen sicher über die einschlägige Szene. Außerdem hatte Abel für Gaus einen Zusatzjob zu erledigen. Er brauchte die richtigen Ansprechpartner für die Information, daß es einen Fememord gegeben hatte.

Abel merkte natürlich sofort, daß man von ihm abrückte, weil er fremd war. Und in seinem Anzug sah er nicht aus wie ein verspäteter Student, der in die Sympa-Szene gehört. Aber sie würden sich sein Gesicht merken.

»Schmeckt's?« fragte er einen Rothaarigen mit farblosen Wimpern, der schräg gegenüber saß.

»Geht so.«

Abel sah ihn an und begann in den Kartoffeln und dem Krautwickel zu stochern. Das Gespräch der anderen war verstummt. Sie fragten sich sicher, was er wollte.

»Neu?«

»Wie man's nimmt.«

»Mhm, Verbindung?« fragte ein Mädchen, zwei Sitze weiter rechts. Sie schlug die Beine unter ihrem Patchworkrock übereinander und leckte an dem Papier einer Zigarette.

»Rotary.« Abel beugte sich vor, um sie besser anlächeln zu können. Das Mädchen sah verächtlich weg, und der Rothaarige schnickte einen Fetzen Krautblatt knapp an Abel vorbei. Abel aß lustlos. Alle schwiegen.

»Nett war's bei euch«, sagte Abel schließlich, als er

aufstand und fortging, um sein Tablett wegzubringen. Er erhielt keine Antwort.

Seine eigentliche Arbeit begann er nach einem Espresso, den er unter einem Sonnenschirm, draußen auf einer Gasse sitzend, getrunken hatte. Gaus hatte ihm als einen der wenigen praktischen Hinweise die letzte Wohnadresse und den Decknamen von Ruski – er nannte sich Beck – mitgeben können. Nach einiger Sucherei fand Abel schließlich die fragliche Straße in einem Vorort, der zum Schwarzwald hin liegt. Er parkte seinen Citroën in der Nähe, stellte die Rückenlehne des Sitzes leicht zurück und drehte das Radio an.

»SDR 3, Nachrichten«, sagte eine knackige Männerstimme in einen Jingle hinein. Abel legte sich so zurück, daß die Drei-Uhr-Sonne durchs Schiebedach sein Gesicht traf, und begann zu warten. Gaus und seine Leute hatten natürlich schon kurz nach dem mysteriösen Verschwinden von Rusinski versucht vorsichtige Nachforschungen anzustellen. Man hatte bei den Nachbarn unter verschiedenen Vorwänden diskret sondiert. Ohne Erfolg.

Es war unwahrscheinlich, daß Abel die Sache besser hinkriegte, aber er wußte aus seiner Zeit als Privatdetektiv, daß man oft erst beim zweiten oder dritten Anlauf zu einem Resultat kommt. Er behielt unablässig das Mietshaus im Auge, in dem Ruski fast drei Jahre auf Kosten der Republik gewohnt hatte. Er beobachtete die Menschen, die das Haus verließen oder betraten. Er machte sich Notizen, auch darüber, daß sich gelegentlich die Vorhänge in der Mansardenwohnung hinter offenen Fenstern bewegten.

Später schrieb er noch die Namen der Hausbewohner auf, schön in der Reihenfolge der Namensschilder neben den Klingeln. Kurz vor sechs Uhr klapperte er zwei in der Nähe liegende Läden ab, um nach den Bewohnern des Hauses zu fragen. Er erhielt von der Metzgersfrau so umfassende Antworten, daß er nun wußte, bei wem er mit seiner Befragung anfangen konnte.

Abel klingelte und stellte sich höflich vor, als ein langer dünner Mann, etwa dreißig, schwarzhaarig, mit Schnauzbart und krummem Rücken, in Turnhose und -leibchen öffnete.

»Bitte?« fragte er und sah an Abel herunter, der höflich seinen Hut lüftete.

»Ich habe ein paar Fragen an Sie, Herr Breitenbach, es geht um Beck.« Abel zeigte mit dem Finger an die Decke. »Darf ich hereinkommen?«

Breitenbach verharrte unbeweglich. »Was wollen Sie?« fragte er und sah an Abel vorbei.

»Ich bin Student, zweiter Bildungsweg«, Abel lächelte, als müsse er sich für seine fünfunddreißig Jahre entschuldigen, »Beck schuldet mir noch eine Menge Geld.«

»Er ist tot, Ihr Beck.«

»Holla!« Abel zögerte einen Augenblick und zog die Augenbrauen zusammen. »Aber ich brauche trotzdem mein Geld. Es könnte ja was da sein, und die Erben ... Bitte, nur ein paar Fragen«, sagte er jetzt drängend.

»Tut mir leid, ich weiß nicht mehr«, sagte Breitenbach und schloß die Tür mit einem flüchtigen Gruß.

Abel lächelte und stieg hinauf bis ins Mansardengeschoß und läutete dort. Es dauerte eine Weile, bis eine altersgebeugte Frau öffnete, die durch einen Spalt der Tür zu Abel hinaufäugte. Sie trug eine Brille mit lupenstarken Gläsern.

»I brauch nix«, sagte sie sofort.

»Und ich verkauf nix«, antwortete Abel und lachte.

»Hä?«

»Ich verkauf nix!« sagte Abel mit erhobener Stimme, weil er sah, daß die Frau ein Hörgerät benutzte.

»So, ja, und was wellet Sie dann?« fragte die Alte.

»Wegen dem Herrn Beck, was fragen!«

»Ach dem, wo unter mir g'wohnt hat?«

»Ja!«

»Polizei, sin Sie von dr Polizei?«

Und Gaus war sich so sicher gewesen, daß keiner im Haus gemerkt hat, daß sich die Polizei für Beck alias Rusinski interessiert hatte.

»Nein, privat.«

Die Alte schaute noch einmal wie ein Uhu an Abel hinauf, dann ließ sie ihn herein. Sie schlurfte vor ihm her in ein schmales Dachzimmer mit schrägen Wänden, das vollgestellt war mit alten, abgewetzten Möbeln. Ein Röhrenradio dudelte ein abendliches Wunschkonzert vor sich hin. In dem düsteren Raum glühte grün das magische Auge des Empfängers. Die Frau ging vor zu einem hohen Polsterstuhl ohne seitliche Lehne, der an dem kleinen Fenster mit den vorgezogenen Vorhängen stand. Abel dachte an den Holzschnitt vom Türmer und dem Tod.

Sie ließ sich umständlich nieder und sagte: »Hier sitz ich immer ..., mit dem Laufe geht's noch. Aber dr Tag über sitz i immer da.«

Abel nahm auf der Kante eines Küchenstuhls ihr gegenüber unaufgefordert Platz. Er betrachtete das zerklüftete Profil der Frau, die hinaussah.

»Ich krieg noch Geld von dem Herrn Beck.«

»So?«

»Und deswegen muß ich wissen, wo er hingezogen ist.«

»Die Polizei, die wees des nit?«

»Nein.«

»Die waren aber auch da.«

Gaus und seine diskreten Sondierungen!

»Soso, und der Herr Beck hat Ihnen nicht gesagt, wo er hinzieht?«

»Mir nit.«

»Wem denn?«

»Meinem Enkel.«

»Aha, und was hat er gesagt?«

»Nach Amerika zieht er.«

»Haben Sie das auch der Polizei gesagt?«

»Freilich«, die Alte nickte wichtig, ohne den Kopf zu drehen. »Aber die hent des nit glaubt.«

Abel seufzte: »Und wie komm ich da zu meinen tausend Mark?«

»So viel Geld?«

»Mhm, und außer Amerika hat er nichts gesagt? Vielleicht was Genaueres, wo in Amerika.«

»Der ist doch gar net nach Amerika.« Die Frau schüttelte mißbilligend den Kopf und sah mitleidig zu Abel hinüber. »Tausend Mark ..., von soviel Geld muß ich fast zwei Monat mit meiner Rente leben, wenn mir die Kinder net was gebe würde«, sagte sie.

»Woher wissen Sie, daß der Herr Beck nicht nach Amerika gefahren ist?«

»En Bär hat er dem Bub aufbunde.«

»Warum?«

»Weil Tübingen nit in Amerika liegt.«

»Das stimmt«, sagte Abel verblüfft. »Und wie war das genau?«

»Wolle Sie's wirklich wisse?«

»Ja.«

»Ha, der Bub hat g'hört, wie der junge Herr Beck telefoniert hat und g'sagt hat, daß er nach Tübingen fährt. Und da hat der Bub g'fragt, warum er nach Tübingen fährt, und da hat er g'sagt, nein, nach Amerika. Der Bub hat aber weiterg'fragt, und da hat er dem Bub g'sagt, daß Tübingen in Amerika liegt. In Amerika gibt's zwar Stuttgart und in Kanada e Heidelberg. Da hent die sicher au e Tübingen. Aber dem Herr Beck sei Tübingen liegt bestimmt nit in Amerika, weil mer mit dene Leut nit morgends telefoniert, da schlafe die noch alle.«

»Logisch.« Abel nickte beeindruckt. »Haben Sie das der Polizei auch gesagt?«

»Nein.« Die Alte bewegte mit der Hand leicht den Vorhang vor dem Fenster, schob ihren Kopf nach vorne, um besser sehen zu können.

»Warum nicht?«

»Der junge Herr von der Polizei hat mi gleich unterbroche und g'sagt, daß des nit stimme kann, des mit Amerika. Ich kann solche nit leide, wo immer alles sofort besser wisse.«

»Aha.« Abel lächelte.

Er erhob sich und nahm die runzelige Hand der alten Frau und streichelte leicht darüber. Im Tonfall seiner Elsässer Heimat sagte er: »Merci, Madame, isch glaab, isch komm zu meinem Geld.«

»Gut isch«, antwortete die Alte und sah schon wieder zum Fenster hinaus. »Tschüs!«

Vom Hotel aus wählte Abel die Nummer Drechslers an. Die Vorzimmerdame verband sofort.

»Und?« fragte Drechsler ohne Einleitung.

»Hat irgend jemand zu einem Bewohner in dem Haus in Freiburg gesagt, daß Ruski tot ist?«

»Ausgeschlossen! Da gab es klare Anweisungen ...«

Abel unterbrach seinen neuen Chef. »Können Sie mal den Namen Breitenbach aufschreiben?«

»Mit ›t‹ oder mit ›d‹?«

»Mit ›t‹, dieser Mann wohnt unter Ruskis früherer

Wohnung, und der hat mich abgewimmelt mit dem Spruch, daß Ruski tot sei.«

Am anderen Ende der Leitung blieb es still.

»Sind Sie noch dran?«

»Ja, gut gemacht, Abel, ich gehe der Sache sofort nach.«

»Und noch was«, sagte Abel, »Ruski ist vor seinem Tod nach Tübingen zurückgekehrt.«

Er wartete seine Antwort nicht mehr ab und legte auf.

Abel zog sich aus, ging in das Minibad seines Hotelzimmers und stellte sich eine Viertelstunde lang unter den lauwarmen Wasserstrahl der Dusche, um die Hitze des vergangenen Tages aus den Poren des Körpers zu spülen. Mit hängendem Kopf, das herabströmende Wasser gurgelnd in den Ohren, stand er da und überlegte, ob er noch in Freiburg bleiben oder ob er schon am nächsten Morgen nach Tübingen weiterreisen sollte.

»Esel«, sagte er laut, weil er so schnell Drechsler angerufen hatte, und spuckte in weitem Strahl eine Wasserfontäne aus dem Mund. Schnelle Erfolge würden seine Mission bald beenden, und die gefiel ihm besser als der Umgang mit den Anklagesätzen – zumal bei diesem Wetter.

Er frottierte sich ausgiebig und zog sich ein frisches Hemd an, um zum Essen und für einen guten Tropfen in die Stadt zu gehen. Man konnte nie wissen, was ein schwüler Sommerabend sonst noch bringen würde. Deswegen legte Abel noch einen winzigen Tropfen Duft auf, was er selten tat.

Nach einem respektablen Essen und einer Tour durch vier oder fünf Studentenkneipen, in denen er immer beiläufig nach Beck-Rusinski fragte, landete er schließlich in einer Beize. Der Mann an der Bar sollte angeblich etwas mit diesem Beck zu tun gehabt haben … Abel mußte durch die Rauchnebel schreien, um sich überhaupt verständlich zu machen. Stimmengewirr und Jazz von der Platte machten jede normale Unterhaltung unmöglich. Der Barkeeper arbeitete schnell und sicher am Pilshahn, unter dem er Batterien schlanker Gläser abfüllte. Abel hatte ein Gläschen Riesling bestellt. Das wievielte an diesem Abend? Er wußte es nicht.

Als der Barmann es ihm hinstellte, hielt Abel ihn am Arm fest.

»He!« brüllte Abel, »'ne Frage …«

»Ja?«

»Kennst du einen Beck?«

»Ich kenn hier keinen mit Nachnamen.«

»Jochen?«

»Mindestens zwanzig.«

»Großes Maul, quatscht ständig von Autos und Waffen, Nassauer, handelt mit allem und jedem.« Abel versuchte es mit einer schnellen Beschreibung.

»Jochen, ach der? Der war schon einige Zeit nicht mehr hier.«

»Kennt den einer näher?«

»Weiß ich nicht, wie man halt so die Leute hier kennt.«

»Pils!« rief einer von der anderen Seite des Tresens.

»Ich muß was tun«, sagte der Mann und entzog sich Abels Griff.

Abel sah sich um. An ein paar Stehtischen standen junge Leute und ratschten, tranken und rauchten. Der Jazz lag über allem wie ein Teppich, keiner hörte zu und keiner mochte die Musik entbehren. Die Mädchen waren von der Sorte, die Abel aus eigenen Studentenzeiten gut kannte: ein paar recht hübsche, trinkfeste und kontaktfreudige, typische Maulhuren. Mit solchen säuft man eine Nacht durch, sie machen einem schöne Augen, und es kostet eine Menge Geld, sie einzuladen. Und wenn man sie hinterher küssen will, fangen sie an von einem verheirateten Mann zu schwärmen, der zwei Kinder und so sensible Augen hat. Andere Mädchen waren ernst, jugendbewegte Raucherinnen mit Häkelstola, hie und da eine Emanze. Abel fragte eine Vollbusige neben sich, ob sie Beck kenne. Er beschrieb ihn noch einmal, so gut er konnte, ja, Ruski war bekannt und in diesem Fall ausnahmsweise in schlechter individueller Erinnerung, wie es schien.

Daher waren die Auskünfte recht spärlich, auch wenn sich Abel schnell eine seiner vielen Geschichten einfallen ließ: Daß er Ruski suche, weil er unbedingt einen Spezialauspuff für seinen Mini haben müsse, den nur Ruski schweißen könne. Doch auch das zog nicht. Das Mädchen nannte Abel nur eine weitere Stammkneipe ihres ehemaligen Freundes.

Die allerdings war ein schwarzes Loch mit Plakaten an den Wänden: Folk-music-meeting, Open-air-in-Igelheim, Atomkraft-nein-danke. Übervolle Aschenbecher auf verfleckten Tischen. Eine schlampige Kellnerin, die das miserabel gezapfte schale Bier und andere Getränke brachte, pendelte zwischen den wenigen spärlich besetzten Tischen hin und her. Abel betrachtete die Szene eine Weile und bestellte nicht gleich. Nicht, daß er keinen Riesling mehr vertragen hätte, aber hier?

Auffällig war, daß mehr Tee als Bier getrunken wurde. Einige apathisch in den Stühlen hängende Teetrinker hatten trotz der in den Mauern brütenden Hitze die Hemdsärmel nicht hochgekrempelt. In der Luft hing zarter, süßer Haschischduft. Junkiepinte. War Ruski noch einmal in die Szene eingestiegen, bevor er starb?

»Von irgendwas muß der Mensch leben«, sagte Abel zu der schmuddeligen Kellnerin, die gerade an ihm vorbeistrich.

»Hä?« Sie drehte sich langsam um.

»Kennste einen Beck?« Abel ließ ein Fünf-Mark-Stück auf dem Tisch klappern und bestellte Tee. Man mußte ihn ja nicht trinken.

»Beck?«

»Ja, Joachim Beck.«

»Nein.« Die Kellnerin ließ das Geld liegen und ging zum Zapfhahn.

Abel beobachtete, wie sie beiläufig mit dem Wirt, einem fetten Mann von undefinierbarem Alter, sprach und dabei zu ihm herübersah.

Der Mann kramte hinter der Theke. Nach zehn Minuten kam er zu Abel. Er wischte seine Händen an der Hose trocken.

Ohne Einleitung oder Gruß sagte er: »Jochen, der ist doch fort, ist der.«

»Weiß ich«, antwortete Abel. Er sah den Wirt nicht an, der sich gesetzt hatte. Nach einer Pause: »Und was weißt du?«

»Was soll ich wissen?« Der Fette sprach schnell. »Ich verkauf mein Bier und den Tee. Wer das säuft, geht mich nichts an. Ich seh nur darauf, daß hier keiner Dope verkauft oder sich 'nen Schuß macht, verstehst du, kein Schuß und kein Dope, ich will keinen Ärger.«

»Aber jetzt ist er fort, der Beck.« Abel lächelte zu dem Mann hinüber.

Es mußte einen Grund geben, weshalb sich der Wirt zu ihm gesetzt hatte und ausfluchtweise über seine Firmenphilosophie redete.

»Was machen wir da?«

»Tja«, der Wirt sah sich um, »zwei Kirsch, Helene«, rief er zu der Bedienung hinüber. Abel schwieg, bis der

Schnaps kam. Bei Kirsch kann im Badischen eigentlich nichts passieren.

»Prost«, sagte der Wirt und schüttete die klare Flüssigkeit in seinen Tee.

»Cheers.« Abel nippte. Dann genoß er den Rest im Glas.

»Du bist nicht von hier, hä?«

»Erraten!«

»Und du suchst den Beck?«

Weil Abel nicht antwortete, seufzte der Wirt. »Das ist ein begehrter Mann. Ich will bloß nichts damit zu tun haben. Kein Schuß, kein Dope.«

»Am besten, du sagst mir eine andere Adresse«, schlug Abel vor.

»Dann versuch's doch mal beim Roten.« Das breite Gesicht des Kneipenmannes kam vertraulich näher, er flüsterte Abel die Anschrift zu, unter der Ruski bis vor knapp vier Wochen zu erreichen gewesen war.

»Bei Breitenbach schellen?« fragte Abel ins Blaue hinein. Der Wirt starrte ihn fassungslos an. Abel wußte, daß er einen Treffer buchen konnte. Es war wie früher beim »Schiffeversenken« unter der Schulbank.

»Warum fragste denn dann hier rum?« zischte der Wirt.

»Ich wollte nur mal sehen.«

»Okay.« Der Fette stemmte sich hoch. »Ich will keine Schwierigkeiten, verstehst du, keine Schwierigkeiten!« Er lächelte. »Egal, ob du ein Bulle bist oder sonst was.«

»Sonst was«, sagte Abel.

»Das sind die Schlimmsten«, damit zog der Wirt den Kopf ein, bis Abel verschwunden war.

Abel lag längst im Bett, sein Kopfkissen wie eine Braut friedlich im Arm, und schlief dem jungen Tag entgegen, als vor Ruskis ehemaligem Mietshaus ein Mann auftauchte, der sich verschlafen sein frisch rasiertes Kinn rieb und nach einem Platz Ausschau hielt, von dem aus er das Haus und seine Bewohner gut im Auge behalten konnte. Per Funk wies er seine Kollegen ein.

Breitenbach, das hatte man schnell zwischen Stuttgart und Freiburg abgeklärt, war kein unbekanntes Lämmlein in der Herde der Strafverfolgungsbehörden der alten Universitätsstadt im Rheintal. Er war zweimal einschlägig wegen »BTM«, wie es im Jargon heißt, aufgefallen und einmal sogar verurteilt worden. »BTM« heißt Betäubungsmittel, ein Rechtsbegriff, unter den man von einfachen, aber suchterzeugenden Barbituraten bis zu Morphium und Heroin, Koks und Marihuana alles subsumiert, was ohne besondere Erlaubnis weder gehandelt, verwahrt, weitergegeben noch verabreicht werden darf.

Der Aspekt, daß Ruski möglicherweise unter dem besonderen Schutz der staatlichen Autorität als Kronzeuge von gewisser Wichtigkeit sich selbst wieder eine gewisse Narrenfreiheit zugebilligt haben dürfte, war am Abend zwar noch von Gaus in die Diskussion gebracht worden. Für die noch kaum formulierte Arbeitshypothese von einer Connection – wie es in der Sprache der Szene heißt – zu Dealern, die in diesem Jahr wie die Schmeißfliegen über Deutschland heraufzogen, sprach, daß Ruski schon früher mal einschlägig verurteilt worden war.

Da die Fahnder nach jedem Strohhalm zu greifen gewohnt waren, schickte Drechsler gleich noch einen Trupp eigener Leute vom LKA nach Freiburg, um zunächst einmal Breitenbach und Co. unter die Lupe nehmen zu lassen – egal, was dabei herauskommen würde. Denn Gaus hatte, bei allem was ihm heilig war, versichert, daß keiner, weder er selbst noch einer seiner

Beamten, sich bei der Befragung der Freiburger Hausgenossen des toten Rusinski verplappert und von dessen Tod gesprochen habe.

»Menschenskinder«, stöhnte Drechsler und rieb sich die Augen, »das wäre natürlich eine elegante Lösung, wenn ihn die Dealer ...« Er setzte ab.

Gaus goß Wasser in den Wein: »Aber dann hätten wir wieder ein Delikt weniger für die Anklage bei unseren Kunden.«

Drechsler konnte nur müde lächeln.

Dienstag, 11. August

Auch Abel bezog gegen halb elf seinen Beobachtungsposten vor dem Haus. Die LKA-Observanten richteten fortan ihr Augenmerk auf den jungen Mann im Citroën, der bequem und einigermaßen unauffällig in dem Fahrzeug saß und wartete. Man nahm mit der Motorwinderkamera gestochen scharfe Teleobjektivbilder von ihm auf und schickte später einen Kurier nach Stuttgart, um die Bilder unverzüglich entwickeln und erkennungsdienstlich verwerten zu lassen.

Unterdessen hatte Abel den jungen Mann aus dem Haus kommen sehen, der am Tag zuvor die Breitenbachsche Wohnung geöffnet hatte. Er wartete noch ein paar Minuten, bis er mit Schwung aus dem Auto stieg, die Tür vorsichtig zudrückte, damit sie nicht aus den Angeln fiel und schnell zum Eingang hinüberging, von den mißtrauischen Blicken seiner Kollegen begleitet. Er stieg die Stufen bis zum zweiten Stock hoch. Dort verharrte er, um zu verschnaufen. Es ist immer schlecht, wenn man atemlos an einer fremden Tür klingelt. Es dauerte ein paar Augenblicke, bis jemand öffnete.

»Der Rote!« sagte Abel mehr zu sich selbst als zu dem jungen Mann mit den farblosen Wimpern und den brandroten Haaren, an dessen Tisch er gestern in der Mensa gegessen hatte. »Zufälle gibt's!«

Der Rote packte sofort zu und zerrte Abel am Arm in die Wohnung. Abel folgte, ohne Widerstand zu leisten. Nach zwei Schritten im Flur tauchte ein zweiter Mann von der Seite auf, der hinter Abel trat. Man stieß ihn in ein Zimmer, dessen Boden, Wände und Decke mit Teppichboden ausgeklebt waren. Neben den Fenstern standen hohe Lautsprechertürme und, wie ein Altar, in der Mitte des Raume mächtige Verstärker, Plattenspieler und ein Tonbandgerät. Sonst war der Raum unmöbliert, wenn man von einigen Matratzen und Kissen am Boden absah, auf denen Kopfhörer lagen. Abel schaute sich um. Er hatte die Hände in die Hüften gestemmt und spürte die beiden anderen hinter sich.

»Was ist, Bulle?« fragte der Rote.

»Bulle?« Abel neigte seinen Kopf leicht zur Seite, ohne sich umzudrehen.

»Was'n sonst?« fragte der andere Mann

Abel hob langsam seine Arme seitlich an.

»Filzt mich«, sagte er gelassen.

Der zweite Mann wollte beginnen, Abel nach Waffe und Ausweis abzusuchen, doch der Rote hielt ihn zurück.

»Wenn er es schon anbietet ...«

Abel ging drei Schritte zu dem Hi-Fi-Altar vor, bückte sich und schaltete das Band an. Die Musik begann sanft und leise durch den Raum zu schwingen. Abel drehte sich um und lächelte die beiden an.

»Pink Floyd«, sagte er, »schöne Anlage, kostet 'ne Menge Geld, so was.«

»Komm, lenk nicht ab«, knurrte der Rote und ging auf Abel zu. »Sag, was du willst.«

»Gerne.« Abel strahlte in an. »Es ist immer noch dasselbe, was ich gestern zu dem anderen Typ gesagt habe: nur ein paar Fragen stellen, da ist alles.«

»Hier frage ich.«

»Ich höre?«

»Von wem kommst du, wenn du angeblich kein Bulle bist?«

»Nicht von den Wiener Philharmonikern«, sagte Abel und zog mit der Hand einen Kreis durch den Raum. »Es ist auch für euch egal, von wem ich komme. Ich will nur das Geld, das Beck uns schuldet, und dazu muß ich ein paar Sachen wissen.«

»Viel Geld?«

»Wie man's nimmt.«

»Wieviel?«

»Woran ist Beck gestorben?«

Der Rote steckte die Spitze seines Mittelfingers in den Mund und kaute an dem Nagel. Er zwinkerte mit den blonden Wimpern. »Vielleicht hat er sich überarbeitet?«

»Möglich.« Abel legte wieder den Kopf auf die Seite. Nach einer Pause sagte er: »Aber nicht wahrscheinlich.«

»Wem schuldete Beck Geld?« fragte der andere.

»Sagen wir so: einem jungen aufstrebenden Unternehmen.«

»Aha, und du bist so was wie ein Angestellter dieses Unternehmens?«

»Ts, ts, ts.« Abel fuhr mit dem hochgestellten Zeigefinger verneinend hin und her. »Eher so was wie ein freier Unternehmensberater, aber einer von der offensiven Sorte.« Er lächelte die beiden Männer an, die seine Andeutungen offenbar beeindruckten.

»Wer so nahe beieinander lebt, sozusagen in schöner, friedlicher Nachbarschaft, der weiß doch das Notwendigste vom anderen. Wann und woran ist Ruski gestorben?«

»Wissen wir nicht«, sagte der Kumpan des Roten.

»So, so. Ein Typ wie Beck stirbt in so jungen Jahren nicht ohne Anlaß.« Abel lächelte.

»Und was juckt das dein Schußunternehmen?« schrie der Rote plötzlich.

»Hau ihm eine rein, ganz einfach eine in seine grinsende Fresse reinhauen«, sagte der andere Mann zu seinem Freund. Die Haltung der beiden wurde bedrohlich. Sie kamen näher. Abel machte sich drauf gefaßt, einen plötzlichen Angriff parieren zu müssen.

Der Rote sagte: »Juckt uns nicht, dein Beck.«

»Dann wär hier nicht so ein Leben in der Bude, bloß weil ein harmloser Mitbürger wie ich auftaucht und eine harmlose Frage stellt«, sagte Abel. »Ihr habt nicht zufällig selbst..., ich meine, weil er vielleicht auch Schulden bei euch hatte? Ist nur so eine Idee...«

»Komm, hau ab«, fauchte der Rote und packte Abel am Arm. »Und laß dich hier nicht wieder sehen, sonst...«

Er riß den Referendar nach vorne. Abel drehte sich aus dem Griff und stand breit da. Als der andere angreifen wollte, fuhr er mit der Hand nach oben. Der Rote kippte zur Seite an die Wand. Vor Wut biß er sich auf die Unterlippe.

»Könnte sein, daß ihr noch einmal Besuch von Repräsentanten meines Unternehmens bekommt«, sagte Abel kalt und ging hinaus. Hinter ihm knallte die Tür ins Schloß.

Kaum saß Abel im Auto, sagte er zu sich selbst »scappa via«, gab Gas und sah zu, daß er aus Freiburg verschwand. Trotz einzelner Anwandlungen von Tapferkeit war Abel kein Held und weit davon entfernt, für seinen Dienstherren mehr zu riskieren als nötig.

Er hatte Zeit. Also fuhr er nicht über die Autobahn, sondern durch den sommerlichen Schwarzwald, über dessen ersten Gipfeln freilich jetzt schon wieder in grauen Schwaden die Regenwolken hingen. Kurz hinter Freudenstadt hatte er mehrfach im Rückspiegel einen braunroten Passat beobachtet, der ihm folgte und seine Aufmerksamkeit auf sich zog. Abel hatte den Eindruck, als würde der Wagen hinter ihm zurückfallen, weil dem Verfolger die häufigen Blicke in den Rückspiegel aufgefallen waren. Abel gab Gas, der Passat holte auf. Er begann zu schleichen, der Passat überholte nicht. Ein junger Kerl mit schwarzem Vollbart und Sonnenbrille saß am Steuer. Ob es der Mann war, der ihn gestern in Turnhose empfangen und heute vor Abel das Haus verlassen hatte?

»Wenn diese Typen«, murmelte er vor sich hin, »mich nur hingehalten haben, bis einer da war, um sich an mich zu hängen ...«

Es war sicherlich möglich, daß eine dritte Person in der Wohnung den Verfolger telefonisch oder sonstwie benachrichtigt hatte.

Abel zwang sich zur Besonnenheit. Dennoch beschlich ihn Furcht. Wenn das hinter ihm ein Verfolger war, dann hing er schon seit Freiburg dran. Im Augenblick, so schien es, wollte der Verfolger ihm nicht ans Leder. Abel begann vorsichtig mit dem Passat zu spielen und bemerkte dabei, daß der Vollbart ein guter Fahrer war, der sein Fahrzeug beherrschte. Auch wenn nicht klar war, was der Mann hinter ihm beabsichtigte, er mußte ihn abhängen. Sprit genug hatte er im Tank. Abel sah freilich keinen Sinn darin, auf der kurvenreichen Landstraße nach Horb am Neckar die Flucht zu versuchen. Also fuhr er zügig weiter, sicher, daß sein Verfolger nun wußte, daß er entdeckt worden war.

Das Gespann passierte die kleinen Dörfer am Neckar, bis Abel schließlich, sein bisheriges Tempo beibehaltend, von der direkten Strecke nach Tübingen unmittelbar vor Rottenburg abbog. Der Passat rückte dichter auf und folgte jetzt ganz offen. Weiter ging es durch eine wellige Landschaft mit üppig blühenden Wiesen, in denen unter den ersten Regentropfen Obstbäume wie Kulissen standen. Die Schachbretter von Korn- und Maisfeldern lagen zwischen den Waldstükken, die sich über die Hügelkuppen legten wie dicke Mützen.

Vor Oberndorf in einer scharfen Rechtskurve ging ein landwirtschaftlicher Weg ab, den Abel genau kannte. Fast ohne die Geschwindigkeit herabzusetzen, bog Abel links ein. Im Rückspiegel sah er, wie der Passat auf der Landstraße scharf bremste, weil jetzt Gegenverkehr kam. Abel jagte seinen Citroën bis an die Grenze der zulässigen Drehzahl, schaltete und gab Vollgas im dritten Gang. Hundertdreißig Stundenkilometer mit einem schweren Wagen auf einem schmalen, asphaltierten Wirtschaftsweg, leicht den Berg hinauf. Hinter einer kleinen Kuppe sprang der Citroën zurück in die Federung, daß die Hinterräder wedelten.

Im Rückspiegel sah Abel den braunroten Passat den Hang hinauf beschleunigen. Vor ihm lag der Wald, in dem es mehrere Weggabelungen gab, die Abel gut kannte. Noch einen knappen Kilometer mußte er die dreihundert Meter Vorsprung mit seinem altersschwachen Citroën halten.

Das Wegstück war jetzt eben und zog sich in leichten Windungen einspurig durch Kornfelder. Instinktiv sprang Abel mit dem Fuß auf das Bremspedal, als er vor sich einen Traktor mit hoch beladenem Heuanhänger über den gelben Wellen des Getreides schaukeln sah. Doch er ging sofort zurück auf das Gas. Es mußte reichen! Vor Spannung zog er sich am Lenkrad nach vorne. Der Motor dröhnte in die Spitzendrehzahl hinauf. Hundertvierzig. Abel schaltete in den vierten Gang und trat wieder durch. Der Passat blieb auf gleicher Distanz.

Es ging um wenige Meter. Wenn der Traktor als erster in der Weggabel wäre, hätte Abel ungebremst in den Acker gemußt, rechts oder links. Abel hupte Dauerton, doch der Traktor kam unbeirrt von links heran.

Als Abel nach rechts zog, fehlten kaum fünf Meter zu dem lärmenden Trecker. Abels Reifen zogen breite Radierspuren in die Abzweigung hinein. Vollbremsung, denn nach hundert Metern begann unasphaltierter Feldweg, und dann kam eine scharfe Rechtskurve. Auf dem Splitt drehte der Citroën fast in den Graben. Doch dann war er kurz vor der Kurve doch auf sechzig runter, schlingernd schaffte er die Biegung. Nächster Feldweg links, dann geradeaus den Berg hinauf durch den Wald, noch eine Abzweigung, und Abel schoß auf der anderen Seite wieder auf einem Wirtschaftsweg in die Felder hinaus und erreichte die schmale Straße zum nächsten Dorf, während sein Verfolger, durch den Traktor unten vor dem Wald blockiert, mit dem Bauer über die Fahrberechtigung auf land- und forstwirtschaftlichen Wegen stritt.

Abel kutschierte seinen Wagen auf den Hof eines der prächtigen Verbindungshäuser, die oben auf dem Österberg über dem Neckar in Tübingen hocken. Er stellte das Auto in eine Ecke hinter der abweisenden Mauer, die das Grundstück umgab, damit man den Citroën nicht auf den ersten Blick entdeckte. Dann rannte er mit dem Trenchcoat über dem Kopf durch den Sommerregen, der auf die Stadt niederstürmte, hinüber zum Tor und die Treppe hinauf zum Zimmer seines Freundes Ernie von Paloff. Der gutmütige, manchmal etwas altjüngferlich wirkende Mann in Abels Alter war so etwas wie sein Sandkastenfreund. Augenblicklich saß Paloff an den letzten Arbeiten für seine Dissertation, die ein Problem der Syntax im Althochdeutschen behandelte, als Abel nach kurzem Pro-forma-Anklopfen die Tür aufstieß und »Grüß Gott!« sagte.

Mit für ihn völlig atypischem Sarkasmus sagte Paloff: »Gerne, wenn ich ihn seh.«

»Muffig?«

»Mhm.«

»Braut fortgelaufen?«

»Nein.«

»Na, sag schon, was los ist.« Abel zog einen Stuhl herbei und hockte sich rittlings darauf. Mit spitzen Fingern schubste er einige der bunten Karteikarten an, die vor Paloff wie eine Patience ausgebreitet lagen.

»Laß ja die Finger weg«, knurrte Paloff und machte einen Schlenker mit dem Arm in Richtung Abel.

»Komm, sag schon.« Abel legte den Kopf schräg und begann Paloff anzugrinsen.

»Mistdissertation«, maulte er, »alles Mist.«

»Hab ich doch schon immer gesagt.« Abel nickte und wies zum vielleicht hundertzehntenmal dezent darauf hin, daß jeder, der sich mit der Syntax des Althochdeutschen beschäftigt, »ein winzig kleines bissele an der Wirklichkeit vorbei denkt.« Jedenfalls sei diese Gefahr nicht von der Hand zu weisen. Paloff versuchte die Zähne zu fletschen. Abel dachte an seine ganz realen Probleme und beschloß, sie vorläufig zu verdrängen.

»Nicht das Thema ist Mist«, Ernie tippte vorsichtig auf die sorgfältig sortierten Karten, »dieses Literaturverzeichnis hier, das kostet mich die letzten Nerven.«

»Tja, wenn einer Doktor werden will ...«, sagte Abel ohne Mitleid, dann rückte er herum neben seinen Freund und ließ sich das System erklären.

Da Abel im Gegensatz zu Paloff durchaus eine praktische Begabung besaß, durchschaute er das Sortiersystem nach wenigen Minuten. Zunächst griff er nur hier und da in die Karten und half einordnen, dann immer häufiger, bis Paloff schließlich Kaffee machen ging und sich eine Pfeife anzündete. Abel sortierte jetzt, über den Tisch gebeugt, die Zungenspitze zwischen den Lippen, ganz allein, gefolgt von den interessierten Blicken seines Freundes. Schließlich waren die Karten in kleinen Stapeln nach Sachgebieten alphabetisch geordnet.

»Nur noch abschreiben lassen«, sagte Abel und fragte, was Paloff wohl machen würde, wenn er die Karten jetzt mal wie ein Croupier in Las Vegas beim Black Jack schnell und gründlich mischte?

»Bloß nicht!« rief Paloff erschrocken. Er traute Abel jeden Unfug zu und räumte sofort die Stapel weg. »Und was treibt dich nach Tübingen?« fragte er, als er den hellen Holzkasten mit den wertvollen Karteikarten oben auf den Schrank stellte. »Jetzt, wo du Staatsdiener bist?«

»Ich suche Ruski.« Das mit dem Verdrängen klappte nicht so recht.

»Ruski? Diesen Ganoven?«

»Ja.«

»Warum? Dienstlich?«

»Ja, so kann man sagen, bleibt aber unter uns.«

»Du als Polizist?« Paloff sah zu Abel hinüber, als zweifle er lebhaft an dessen Wohlbefinden.

»Nicht direkt als Bulle, nein, aber so was Ähnliches, ich erzähl's dir später mal, Ernie.«

Abel sah auf den Tisch. Sein Freund rührte kopfschüttelnd in der Kaffeetasse.

»Und was soll mit Ruski los sein?«

»Ich muß wissen, wo er sich rumtreibt.« Ernie brauchte nicht zu wissen, daß Ruski nicht mehr lebte.

»Ich weiß nicht, wo er ist; vor ein paar Tagen war er jedenfalls mal wieder hier.«

Hoppla, dachte Abel.

»Wo, hier?«

»Hier, bei uns im Haus.« Paloff klopfte mit den Knöcheln seiner Hand auf den Tisch.

Abel schaute ungläubig. »Ganz einfach so im Verbindungshaus, wie ein alter Herr, der gute Ruski. Ist ja nicht zu fassen.«

»Es ist in der Tat nicht zu fassen gewesen«, bestätigte Paloff, der eine erheblich feinere Erziehung als Abel genossen hatte und daher noch viel grundsätzlichere Bedenken gegen die Anwesenheit eines solchen Mitmenschen wie Ruski in einem reputierlichen Verbindungshaus hatte. Er fuhr fort, daß er auch dafür gesorgt habe, daß Ruski sich nicht festsoff und zusammen mit dem Verbindungsbruder Fips, der frisch gekeilt war und daher noch nicht wisse, was sich gehöre, wieder in die Stadt hinunter verschubt worden sei.

»Die Jüngeren dürften ihn nicht mehr kennen«, sagte Abel.

»Ja, mir scheint, als sei er schon lange nicht mehr in Tübingen gewesen, der Ruski.« Paloff begann seine Pfeifen in dem Schweinslederetui zurechtzurücken.

»Und dieser Fips«, fragte Abel gelassen, »wohnt der hier im Haus?«

»Ja, er ist eingezogen. Hinten links am Ende vom Gang.«

»Merci«, Abel stand auf und klopfte seinem Freund auf die Schulter, »Grüße an die Frau Mama.«

»Danke«, Paloff stand schnell auf, »kommst du noch mal?«

»Warum?«

»Es müßte noch das Stichwortverzeichnis gemacht werden.«

Die beiden Männer nutzten sich seit ihrer Kindheit gegenseitig aus – oder halfen sich, je nachdem, wie man es sehen wollte.

»Wenn sich's machen läßt«, knurrte Abel. »Kann ich übrigens bei dir pennen?«

»Natürlich.«

Der Fuchs Fips hatte seinen Verbindungsspitznamen schon bei der Inaugurationssauferei wegbekommen, mittelgroß, dünn, blaßblond, sommersprossig und mit einem kleinen Silberblick. Abel erwischte ihn unten im großen Zimmer, wo der Fernseher stand. Eine halbvolle Bierflasche in der Hand, war er in die Betrachtung einer frühen Sendung über Versteinerungen in den Rocky Mountains versunken.

Mit einem kurzen Blick musterte Abel den Jungen, dann ließ er sich in einen Sessel fallen, streckte die Beine aus und starrte ebenfalls auf die Mattscheibe.

»Mann«, sagte Fips anerkennend zu dem Fernseher, als eine hübsche Geologin ein Fossil erklärte. Abel hatte genügend Zeit, festzustellen, daß die kindliche Freude seines Nachbarn vor der Mattscheibe auf frühnachmittäglichen Alkoholkonsum und wohl weniger auf eine grundsätzliche Charakterhaltung zurückzuführen war. Bei Verbindungsstudenten war sich Abel in diesem Punkt nämlich nie ganz sicher. Er beschloß, dies auszunutzen, und holte zwei Bier aus dem Kühlschrank, die er skrupellos in dem Kellerbuch auf Paloffs Namen einschrieb. Dann setzte er sich wieder und schob, kaum daß der Bericht zu Ende war, dem Fuchs die eine Flasche hinüber. Der schaute zuerst auf die Flasche, dann zu Abel hin und fragte dann:

»Wie dieses?«

»Nur so, weil ich höre, daß du ein Freund von Ruski bist.«

»Ruski? Hör mir bloß auf mit dem!« Fips setzte die Flasche an und trank zügig bis zur Hälfte herunter, dann hielte er ein. Er schnappte nach Luft. »Nein, mit dem hab ich nix mehr am Hut.«

»Mach mal halblang.« Abel klopfte auf den Busch.

»Halblang, halblang machen, du bist gut.« Fips rülpste ein wenig. »Erst läßt er sich von mir aushalten, ich schmeiße eine Runde nach der anderen«, sein Gesichtsausdruck bekam etwas Grimmiges, die Augen kullerten ein wenig, »und dann«, er nahm einen Schluck, »dann spannt er mir die Frau aus.« Rülpserchen.

Abel machte ein Gesicht voller Beileid. »Das ist der gute alte Ruski, so wie ihn jeder mochte.« Dem Grünschnabel eine Frau auszuspannen war sicher kein Kunststück.

Abel wollte dieses Thema nicht weiter vertiefen. »Sag mal«, fing er an, »seit wann kennst du denn den Ruski?«

»Paar Tage vielleicht.«

»Und wie hast du ihn kennengelernt?« Abel stand auf, um neues Bier zu holen, denn der Flascheninhalt ging bei dem Jungen zur Neige.

»Warum interessiert dich das?« fragte Fips und griff nach dem neuen Bier, das Abel ihm hinhielt.

»Sagen wir's mal so: Ich habe noch eine Rechnung offen mit dem Typ.«

»So? Auch 'ne Frau?«

Abel nickte, weil das am einfachsten war.

»Klar«, sagte Fips.

»Und wie hast du ihn kennengelernt?«

»Wir haben über Autos gequatscht und über Waffen. « Der Junge schielte mit einem halben Grinsen zu Abel herüber. » Das muß der Neid ihm lassen, Ahnung hat der. «

» Was fährt er denn jetzt für einen Schlitten? «

» Haaa. « Fips schloß die Augen und gluckerte wieder Bier in sich hinein. » Einen ganz scharfen Off-road-Karren, Stoffverdeck, Holzarmaturenbrett, innen mit allen Schikanen, Fahrwerk mit Stabilisatoren verbessert, Motor aufgebohrt, damit die Schleuder so ihre hundertsiebzig macht, und natürlich den restlichen Kokolores wie Vierradantrieb, Differentialsperre, alles, was gut und teuer ist. «

» Gut und teuer «, wiederholte Abel und kniff die Augen zusammen. Wie das, wenn man von Zuwendungen des Zeugenschutzprogramms leben muß? Er ließ den Verbindungsstudenten weiterreden, der mit dem Bier und sich selbst zu beschäftigt war, als daß er bemerkt hätte, welchen wachsamen Zuhörer er in Abel hatte.

Ruski hatte wieder einmal ein Opfer gefunden, das er faszinieren konnte mit seinem Gerede über Technik, Autos und Waffen, dem er das Geld aus der Tasche gelockt hatte für die kleine Show der gegenseitigen Hochachtung und Anerkennung, für die Bündelei mit wesentlichen Gleichgesinnten. Mit in diesen Sog war eine gewisse Diane geraten. Eben jenes Wesen, das dem blonden Fips durch Ruski abhanden gekommen war.

» Diane ist eine Traumfrau «, blubberte der Fuchs versonnen in die Bierflasche und guckte so was von traurig, daß Abel ging, eine weitere Flasche Bier zu holen. Er nahm sich vor, später Paloff wegen der vielen Striche auf dessen Bierkonto im Kellerbuch zu beichten.

» So, so. «

» Mähne wie eine Rassestute, sag ich dir, nix Gefärbtes, alles echt. Kennste Raquel Welch? «

»Ja, tolle Frau.«

»Figur genauso. Und im Gesicht sieht die aus wie sie.«

»Wie wer?«

»Diane wie diese Welch, nur jünger! Meine kleine Jagdgöttin ..., mein Heiligtum.«

»Solche Worte, in einen Liebesbrief gefaßt, hätten vielleicht Wunder gewirkt«, sagte Abel und verbot sich zu lächeln.

»Bei Raquel?« fragte Fips, in leichter alkoholbedingter Verwirrung.

»Bei Diane«, erklärte Abel und beschloß, sich abzusetzen, weil ihn die larmoyante Love-Story nicht interessierte.

Doch da sagte der andere: »Abgehauen ist sie mit ihm, einfach abgehauen und hat mir einen Zettel unter den Scheibenwischer geklemmt. ›Tschau, Baby‹, mehr hat nicht draufgestanden.«

»Mehr nicht?« Abel ließ sich wieder in den Sessel zurückfallen. »Roh und gefühllos«, murmelte er. »Du bist aber sicher, daß sie mit Ruski weg ist?«

Der Junge zog sich hoch und starrte mit seinen alkoholverwaschenen Augen zu Abel hinüber: »Weißt du, was das heißt, eine Frau, eine wirkliche Superfrau zu verlieren?«

Abel schüttelte unsicher den Kopf, denn er wußte das wirklich nicht.

»Und noch dazu an einen solchen Schweinehund?« Seufzend nuckelte er an der Bierflasche. »Noch eins«, sagte er und starrte wieder geradeaus.

»Aber jetzt auf deinen Deckel«.

Fips nickte. Abel brachte eine neue Flasche. »Wohin ist sie denn mit ihm gefahren?«

»Wenn ich das wüßte!« schrie der Kleine plötzlich und fuchtelte mit der Faust herum. »Keiner rückt damit raus, alle halten dicht. Die wissen genau warum, weil ich diesen Ruski umbringe, umlege, dieses Schwein!«

»Wer hält dicht?« Abel beugte sich zu dem Fuchs hinüber und hielt seine Hand mit der Bierflasche fest und ihn damit vom Trinken ab.

»Alle!«

»Wer ist alle?«

»Kauz, Petermann und alle.«

»So, so, Kauz und Petermann«, sagte Abel ernst. Innerlich grinste er. »Kauz und Petermann«, immer dieselben.

»Auuuu!« Gaus legte den Kopf in den Nacken und heulte wie ein Wolf die Decke seines Dienstzimmer an. »So ein großer, schlanker Typ, zerknitterter Anzug, braune Haare?«

»Ja, das könnte hinkommen«, sagte der Beamte mit dem Vollbart kleinlaut, der vor dem Kommissar saß und mit den Autoschlüsseln klimperte.

»Abgehängt? Einfach abgehängt?« Gaus zog den Kopf zwischen seine schmalen Schultern und stierte nach vorne.

»Was heißt, einfach abgehängt? Der Traktor fuhr genau zwischen uns, und solange ich keinen Panzer als Dienstfahrzeug bekomme ...«

»Abgehängt ist abgehängt«, entschied Gaus, »Mennemaier, Sie lasse da Dinger nausgehe. Spezialausbildung mit allem Pipapo und sich dann abhänge lasse ...«

»War das ein wichtiger Kunde?« fragte der Kriminaler seinen Chef.

»Kunde is gut.« Der Kommissar kramte aus einem Plastikbeutel die letzten Reste Tabak. »Schon wieder fünfzig Gramm seit heute morgen«, knurrte er in sich hinein. »Nein«, sage er zu seinem Kollegen, »nein, das ist einer von uns.«

»Kenne weder Wagen noch den Mann«, sagte der Beamte und drückte das Kreuz durch. »Ich glaube, das hätte man uns doch vorher mitteilen ...«

Gaus winkte ab. »Sie haben ja recht.«

»Und die Anzeige von diesem Bauern hätte ich mir auch gespart.«

»Welche Anzeige?«

»Wegen unerlaubtem Fahren auf dem Forstweg.«

»Wird niedergeschlage«, sagte Gaus und paffte Rauchwolken.

»Von welchem Dezernat ist der Kumpel?« fragte der Vollbart und beugte sich neugierig mit schief gelegtem Kopf über den Tisch, um einen Blick in die Akte zu werfen, die vor seinem Kommissar lag.

»Warum?« Gaus schlug den Deckel des Dossiers zu.

»Der fährt einen ruppigen Stil, fährt der, alle Achtung.«

»Des is so 'n Art Gast«, brummte der Kommissar.

Gegen halb neun am selben Abend betrat Abel den Alten Simpel in der Haaggasse in Tübingen, er schritt an den ersten Tischen vorbei, die wegen der Semesterferien nicht alle von Studenten besetzt waren, an den Tresen, wo er sich in einer Ecke hinstellte, wie vor Jahren jeden zweiten oder dritten Abend und einmal sogar auch am Heiligabend, als er aus dieser Kneipe einen gotteslästerlichen Rausch schließlich zur Mitternachtsmesse getragen hatte, obwohl Abel eigentlich ein Atheist ist.

Früher wäre das nicht passiert, daß Abel unbeachtet seinen Stammplatz eingenommen hätte, daß nicht mindestens ein oder zwei von den alten Kumpanen schon dagewesen wären, um ihm auf die Schulter zu hauen und zu fragen, wie es denn so gehe. Mindestens aber hätte er eine ganze lange Reihe von bekannten Gesichtern gesehen.

Doch heute saßen andere da und benahmen sich, als würden sie schon immer hierher gehören. Eine kleine, sentimentale Minute dachte Abel mit heruntergezogenen Mundwinkeln an die nachnamenlosen Zechkumpane, die jetzt Assistenzärzte, Personalleiter, Sozialarbeiter, Amtsrichter, Bibliothekare, Lehrer, Industriemanager oder Testpsychologen waren, Kinder und brave Ehefrauen hatten. Und Abel dachte daran, wie die Zeit vorbeigeht.

Solche Gedanken machen einen Mann sentimental. Noch sentimentaler machte Abel, daß sie im Alten Simpel keinen Riesling mehr führten, sondern einen lausigen Frascati, so daß er sich ein Pils bestellen mußte.

Neue Leittiere lärmten am Tresen und knallten die Würfelbecher auf die Holzbanken. Nur Petermann und Kauz waren noch da, inventarisierte Bierzapfer mit mäßiger Umsatzbeteiligung bei dem Bierkonzern, dem der Alte Simpel gehörte. Petermann drehte sanft einen Würfelbecher um, ließ ihn so stehen und schenkte bei einer Cola für ein Mädchen nach, das sich darüber beschwerte, daß das Glas nicht richtig gefüllt war. Dann hob Petermann den Becher auf. Man notierte das Ergebnis.

»'n Abend«, sagte Abel beiläufig, als sich sein Blick mit dem von Petermann kreuzte.

»Der Elsässer!« Abel hieß wegen seiner Herkunft in Tübinger Studentenkreisen so. »Mensch, der Elsässer!« Abel hatte schon lange nicht mehr hereingeschaut. Er zog Petermann zu sich herüber. »Mann, Junge, ihr macht immer noch dieselbe Scheiße?«

»Klar, wer nix wird, wird Wirt«, lachte Petermann. »Besser als Volkswirt jedenfalls.«

»Kauz« brüllte er nach hinten. »Kauz, rat mal, wer da ist.« Keine Antwort. Dann rief er selbst, daß der Elsässer da sei, Mensch Meier! Endlich kam Kauz mit dem Kopf aus der Luke, durch die man Schmalzbrote und Gulaschsuppe aus der winzigen Küche reichte. Nach einem kurzen Blick verschwand das breite Gesicht mit dem spärlichen schwarzen Bart wieder, und zwei Augenblicke später erschien Kauz im Durchgang, die Hände in den Schurz wischend, um Abel zu begrüßen.

Es gab zunächst Debatten wegen des Rieslings. Doch außerhalb der Getränkekarte gab es noch gewisse Vorräte.

Die drei Männer tranken in andächtigem Ritual. Neben ihnen hatten die jüngeren Studenten die Hälse gereckt und dem Schauspiel zugesehen.

»Die Würfel, du bist daran«, sagte ein Punker mit Sonnenbrille und Sicherheitsnadel im Ohrläppchen und stieß Petermann in die Seite.

»Laß gut sein, Baur, spiel du für mich weiter.« Petermann schob den Würfelbecher einem anderen hin und beugte sich zu Abel über den Tresen.

»Was verschafft uns die Ehre?«

»Hm«, Abel kratzte sich an seinem Schädel, »Ruski war wieder da, stimmt's?«

»Ja.«

»Und er hat einen neuen Freund, Fips heißt er.«

»Hatte«, Petermann zwinkerte.

»Dafür hat er jetzt eine Freundin.«

»Diane, die Göttin, die gejagt wird, statt selbst zu jagen.« Petermann hatte auch schon mal irgend etwas mit älteren Kulturen studiert, fiel Abel in diesem Moment ein.

»Sieht sie wirklich so gut aus?« fragte Abel.

»Bei dem Licht hier, umwerfend, du kennst das ja, es

ist, glaub ich, von Benn: ›eine Beauty, über deren Hingabe man nicht wagt, sich konkrete Gedanken zu machen‹ – jedenfalls sinngemäß.« Er hob ein Glas zum Spund und zapfte wieder, weil Bestellungen über den Tresen gerufen wurden.

»Und bei Tageslicht?«

»Weiß ich nicht, so genau interessiert mich das ja nicht.«

»Immer noch gut liiert mit Kauz?«

»Klar, today and forever.«

»Und Ruski ist mit der Schönen auf und davon?«

»Ja. Für den Fips war das auch nichts. Total 'ne Nummer zu groß. Geld hat der ja vom Vater, aber so rein maskulin... Jedenfalls ist Ruski seit ein paar Wochen nicht mehr hier erschienen. Er war sowieso nur zwei Tage hier.«

»Aha, und wo ist er hin?«

»Südfrankreich, hat er gesagt, Nizza, Cannes, die Ecke, es muß ja immer vom Feinsten sein, bei unserem Freund Rusinski.«

»Nizza, Cannes, nicht schlecht«, sagte Abel, ließ den Rest des Rieslings über die Zunge laufen und dachte an den trockenen Rosé, den sie da unten anbauen, und an die Strände, die zum Glück nicht einsam sind, sondern prallvoll mit lebenslustigen Franzosen, »da möcht ich auch mal wieder hin. – Ruski mit dem Mädchen?«

»Ja, mit der Braut, aber die war gestern, glaub ich, wieder hier. Wird so ausgegangen sein wie immer bei Ruski.«

»Sicher.«

Kauz kam wieder aus seiner Küche und verwickelte Abel in ein Gespräch über die alten Kumpane. Wer was geworden sei, wollte er wissen. Ja, der Kopitz sei bei einem Verkehrsunfall koppheister gegangen, aber sonst sind sie, soweit Kauz überhaupt noch irgend etwas wußte, alle intakt, manche kommen ab und an mal her, nur so zum Schwätzen.

»Dazu bracht man doch Geld, wenn man nach Frankreich geht«, Abel kam wieder auf sein Thema zurück. Petermann, der mittlerweile eifrig gezapft hatte und nun eine Pause einlegen konnte, fragte:

»Geld? Junge, der hat ganz schön auf den Klotz gehauen, hier bei uns.«

»War was dran?«

»Ich glaub, diesmal ja. Er fährt jetzt einen tollen Wagen. Und Diane, weißt du, die erkundigt sich schon ziemlich genau, bevor sie mit einem fortfährt. Die übernachtet nicht gerne in der Jugendherberge.«

»Weiß man, woher er das Geld hat?« fragte Abel, ohne von seinem Glas aufzusehen.

»Nur das, was er selbst gesagt hat.«

»Und das wäre?«

Petermann bohrte seinen Zeigefinger in die Schläfe. »Du weißt ja, was man da so glauben kann, wenn der Ruski uns was erzählt.«

»Trotzdem, was hat er gesagt?«

»Er wäre jetzt an einer seriösen Sache beteiligt und daß er Geld gemacht habe, ich glaub in Freiburg oder so.«

Abel runzelte die Stirn.

»Da siehst du es, du glaubst es selbst nicht«, fuhr Petermann fort. »Wird halt wieder was Krummes gewesen sein.«

Abel schüttelte den Kopf.

»Nein, das meine ich nicht. Es ist bloß ein bißchen ungenau, das mit der ›seriösen Sache‹. Hat er sich da nicht klarer ausgedrückt?«

»Ich habe nur en passant etwas gehört, wie er mit dem Fips geredet hat. Der Kleine ist ja Unternehmersohn, sein Alter produziert Schuhe und Textilkram, wenn ich richtig informiert bin. Und da hat Ruski die Show abgezogen, quasi von Jungunternehmer zu Unternehmersohn.«

»Schön.« Abel lächelte. »So weit ist der Weg anscheinend nicht von links nach rechts für jemand, der früher den MSB Spartakus einen Haufen rechtsradikaler Arschlöcher genannt hatte ...«

»Wörtlich zitiert«, lobte Petermann. »Deshalb hat es mich ja auch beiläufig interessiert, immerhin war er geraume Zeit in Freiburg.«

Er baute einige kleine Kartenhäuschen mit Bierfilzen vor sich auf dem Tresen.

»Und in welcher Branche hat sich unser Freund angesiedelt?«

»Zukunftsorientiert, wie er sagt, Elektronik und Modultechnik für den medizinischen Bereich.«

»Aha.« Abel nickte anerkennend. »Beachtlich, bei seinen Vorkenntnissen.«

»Immerhin hatte er Geld, wie man leicht sehen konnte.« Petermann schien das zu imponieren.

»Sehen?«

»Hunderter, Fünfhunderter, en bloc, hier oben links«, Petermann schlug sich auf die Brust, »in der Hemdtasche, roter Gummi drum.«

»Machte er mit Fips die ›seriösen‹ Geschäfte?«

»Kaum, den hat er nur mit dummen Sprüchen trotz eigener Piepen zum Rundenschmeißen gebracht, weil der Kleine zeigen wollte, daß er überall mitmachen kann. Mehr war da nicht, außer daß das Mädchen am zweiten Abend mit Ruski abgehauen ist.«

»Wo finde ich die Jagdgöttin?« fragte Abel und schob einen Zwanzig-Mark-Schein über den Tresen.

»Kommt nicht in die Tüte«, Petermann schob das Geld zurück. »Du warst unser Gast.«

Doch Abel steckte die Hände tief in die Hosentaschen. Lachend schüttelte er den Kopf.

» Laß gut sein, Petermann, ich bin Beamter, ich kann mir jetzt was leisten, aber sag mal, wo finde ich das Mädchen? «

» Weiß ich nicht «, sagte der Wirt und warf den Geldschein beleidigt hinter die Theke. » Aber das läßt sich rausfinden. «

Abel zwinkerte und sagte: » Jetzt? «

» Okay. «

Petermann rief seinen Freund und ging zu einem der Tische neben dem Eingang. Er setzte sich auf die Ecke der Bank und redete mit einem der Studenten, die dort vor ihren Bierhumpen saßen. Einer antwortete und deutete mit dem Daumen über die Schulter. Petermann stand nach einigen Minuten auf, warf einen Blick zu Abel und Kauz, der jetzt die Theke versah, und ging drei Tische weiter. Er setzte sich zu zwei Mädchen, die eine nahm er kameradschaftlich in den Arm. Das Mädchen lachte. Petermann lachte. Man sprach einige Minuten, dann kam der Wirt zurück.

» Gartenstraße 67, Diane Schober «, flüstere er. » Gut so? «

» Perfekt «, sagte Abel dankbar und klopfte mit dem Knöchel auf den Tresen. » Servus «, sagte er und ging hinaus.

Mittwoch, 12. August

Abel lehnte am nächsten Morgen mit dem Rücken an der Betonmauer unweit des Eingangs zu dem Haus Nummer 67 in der Tübinger Gartenstraße. Er hatte die Hände in den Taschen, den Hut im Nacken und starrte kaugummikauend in den trüben, schwülen Tag, der nach feuchtem Laub, Straßenrandpilzen und schlechter Laune roch. Die breite Eingangstür war selbst am Tag fest geschlossen, so daß man nicht ohne weiteres in den Hausflur gelangen konnte. Abel hätte zwar einfach schellen können, sich dann aber vor der Rufanlage erklären müssen. Da er auf seinen Charme vertraute, wollte er direkt an der Tür sein Glück versuchen, also mußte er warten, bis jemand zufällig das Haus verließ.

Es war keine Unterkunft für sozial Schwache oder Randgruppen, die sich jene Diane Schober ausgesucht hatte. Die Mehrzahl der Bewohner gehörte zum gehobenen Mittelstand, Jungakademiker mit Ambitionen in der Kindererziehung und Wohnungseinrichtung, Menschen, die Filme von Buñuel und solche mit Woody Allen schätzen, ab und zu ins Theater gehen, ohne Abonnement, französisches Essen und schwäbischen Wein lieben. Alles Individualisten mit Bart und Ente. Wirklich nette Leute. Abel kannte einige Namen an den Klingeln noch von früher.

Sein erster Versuch mißlang, weil ein Mann mit schrägem Blick auf Abel, der sich nicht schnell genug von der Mauer lösen konnte, rasch die schwere Tür hinter sich zuzog. »Betteln und Hausieren verboten«, stand über den Briefkästen und »Reklameeinwurf verboten«. Doch schon wenige Minuten später war es soweit. Eine Frau, auf die die Beschreibung der schönen Diane sicher nicht paßte, kam mit einem altklug plappernden Kind die Treppe herunter. Abel hörte sie schon rechtzeitig, so daß er so tun konnte, als komme er eben gerade an. Er tat, als drücke er auf eine Klingel, und sagte flüchtig: »Ach, da kann ich ja gerade...« Die Frau war damit beschäftigt, ihr bebrilltes Kind zu überreden, das Haus endlich zu verlassen, und hielt, ohne Abel zu bemerken, die Tür auf. Er schlupfte hindurch und ging die Treppe zum zweiten Stock hinauf.

D. S. stand verschnörkelt auf einem ovalen Messingschild an der grün gestrichenen Tür. Da die anderen Eingänge mit ausgeschriebenen Namen gekennzeichnet waren, blieb Abel nur diese Alternative übrig. Er sah auf die Uhr. Halb acht. Eine gute Zeit, dachte er. Morgenstund hat Gold im Mund. Er drückte auf den Klingelknopf. Bloing, machte ein Gong im Inneren der Wohnung. Bloing und noch ein paarmal Bloing, bis Abel durch die Tür ein verwirrtes »Ja?« hörte. Er nahm an, daß das Mädchen gerade in die Sprechanlage hörte.

Abel klopfte und sagte halblaut: »Hier draußen.«

Es dauerte einen kurzen Augenblick, Abel glaubte schon verloren zu haben, doch dann öffnete sich die grüne Tür.

»Tag«, sagte Abel so fröhlich wie möglich und lüpfte den Hut, als er die braune Struwwelmähne sah.

»Wohl verrückt geworden«, sagte die junge Frau und starrte Abel mit verschlafenen Augen an. »Was wollen Sie?«

»Mit dir reden», sagte Abel und lächelte ein wenig hilflos, »tut mir leid, daß ich so früh komme«.

»Ich bin doch nicht ...« Das Mädchen wollte die Tür zuwerfen.

Doch Abel sagte schnell: »Ich mach auch den Kaffee und koch die Eier.«

»Wie komme ich dazu ...?«

»Eine gewisse Verbundenheit ...«

»Ich wüßte nicht, daß ich Sie kenne«, sagte Diane und wollte die Tür endgültig zuschlagen. Ihr passierten ja schon manchmal seltsame Sachen, wenn sich Männer etwas ausdachten, um sie kennenzulernen.

Aber so nicht, jedenfalls nicht mitten in der Nacht, wenn man unfrisiert und ungeschminkt ...

»Aber Ruski ...«, Abel fing mit dem Ellbogen das Türblatt auf, »den kennst du doch, oder?«

»Ruski?« Sie zog ihren schimmernden Morgenmantel zusammen. »Da gibt's auch nichts zu reden.«

»Doch.« Abel betrachtete sie freundlich. »Weil er tot ist, unser Ruski.«

»Ruski, tot?« Jetzt war sie wach.

»Ja, mausetot.« Abel schob die Tür mit der rechten Hand auf.

»Darf ich?« fragte er und trat ein.

Hinter sich hörte er das Mädchen durch die Nase atmen, dann schloß sie die Tür. Abel war schon im Wohnzimmer. Er ließ sich in einen der niedrigen Sessel fallen. Das Mädchen lehnte an einem Regal. Mit der Hand hielt sie den Morgenmantel oben geschlossen, und mit der Linken fuhr sie sich durch die Haare, sie schüttelte ihre Locken. Unter ihrer gebräunten Haut war sie bleich, die Augen zuckten nervös hin und her, ihr Profil war in dieser Beleuchtung ohne Kontur. Die Figur blieb vom Morgenmantel verhüllt. Abel sah sie aufmerksam an und schwieg, weil er wußte, daß sie das unsicher machen würde. Sie kämmte noch einmal mit der Hand durch die Haare.

»Polizei?« fragte sie leise mit dunkler, sanfter Stimme, die jetzt anders klang als vor der Tür. Abel schüttelte den Kopf und starrte ihr unverwandt ins Gesicht. Dann stand er auf, ohne sie aus den Augen zu lassen, ging hinüber und legte seine Hand auf ihre Schulter.

»Geh ins Bad«, sagte er ruhig. »Ich mach Kaffee, dann sehen wir weiter.« Er sah sich um.

»Dort ist die Küche«, sagte das Mädchen und verschwand.

Abel war so etwas wie ein Experte in Sachen Frühstück. Er sah sich diskret im Kühlschrank und in den Schränken um, bis er Kaffeepulver, Zucker, Milch, Marmelade, Toastbrot, Salz, Eier und die restlichen Zutaten für ein vernünftiges Frühstück fand. In einem Sonderfach des Kühlschranks gab es sogar Schinken, Salami, Käse und frische Butter. Der Eßtisch aus hellem Holz, Biedermeier, stand im Wohnzimmer direkt am Fenster. Abel deckte sorgfältig den Tisch, verteilte die Wurst auf einem Teller, rollte Papierservietten und plazierte Eierbecher, Teller, Tassen, Stövchen, Messer und Kaffeelöffel.

Während er hin und her pendelte, bekam er erste flüchtige Eindrücke von der Wohnung. Eine feminine Atmosphäre beherrschte die Räume, aufgeräumte Unaufgeräumtheit, unaufdringlich Bücher und Drucke, Pastelltöne bei Teppich und Wänden, eine alte Kommode, Kerzen, persönliche Dinge, Kleinigkeiten, ein großer Strauß Sommerblumen in einem blauen Krug, abgefallene Blütenblätter lagen darunter.

Es roch nach Lavendel und einem leichten Parfüm. Verdammt noch mal, hier kann man sich wohlfühlen, dachte Abel und verbrannte sich fast die Finger, als er die Eier in die Becher steckte.

»Wie heißt du?«

Diane stand an der Tür. Abel fuhr herum und kniff die Augen zusammen.

»Es wär angerichtet, gnä' Frau«. Seine Hand strich flüchtig über das Tischtuch. Mit einer Papierserviette wedelnd, zog er den Stuhl für das Mädchen unter dem Tisch hervor, wie ein Chef de rang in einem erstklassigen Hotel.

»Dein Name?«

»Jean Abel«.

Diane setze sich. Abel nahm gegenüber Platz. Von

hier aus konnte man bis zu den wolkenverhangenen Bergen des Albtraufs blicken. Doch Diane fesselte ihn mehr. Sie war in der Tat schön, Petermann hatte den richtigen Ausdruck benutzt. Nicht hübsch, attraktiv, reizend, nein schön. Auch bei Tag. Ein dunkler Typ, Mitte Zwanzig, fast schon ein wenig alt für eine Studentin, mit langer, gerader Nase und vollem Haar. Das Gesicht, der Körper, die Hände schmal und lang. Sie trug schwarze Jeans und Tennisschuhe. Dazu ein schlichtes T-Shirt ohne Firmenlogo. Wer so aussieht, muß sich nicht garnieren. Ein weicher Geruch von Männerparfum umgab sie, ein anderer, als der, den Abel in der Wohnung wahrgenommen hatte. Jetzt war es Abel, der im Hinsetzen flüchtig an sich und seiner etwas mitgenommenen Kleidung herunter sah.

Das Mädchen sah Abel an, taxierte ihn, nahm das Ei und begann es aufzuschlagen.

»Ruski ist natürlich nicht tot.«

»Aha?«

»Aber es gibt blödere Touren, ein Mädchen anzumachen. – Ich habe Ruski vor zwei Wochen noch in Antibes gesehen.«

»Zwei Wochen sind eine lange Zeit.«

»Richtig, aber wer sollte Ruski was tun?«

»Da gäbe es einige ...« Abel trank aus der Tasse, die er wie ein Cognacglas in beiden Händen hielt. »Ruski ist tot«, sagte er ernst. »Ich habe seine Leiche identifiziert. Kopfschuß. Falls du ihn geliebt hast oder noch liebst: Er hat nicht leiden müssen, sagt der Rechtsmediziner. Man spürt nur einen starken Schlag. Schmerz dringt nicht mehr ins Bewußtsein. Es wird einfach nur dunkel.«

Sie sah ihn an. »Wer hat ihn umgebracht? Broth?«

»Warum denn in Gottes Namen Broth?« Abel tat erstaunt. Den Namen Broth hatte er noch nie gehört.

»Nur so ein Gefühl, kennst du Broth?«

»Vom Hörensagen. Was ist das für ein Typ?«

»Arzt.« Diane hob den Blick. »Schwer reich, glaube ich. Er hat eine eigene Klinik oder so«, sie zögerte, »nein, der war's nicht, nicht Broth.«

»Und warum plötzlich nicht?«

»Ach, nur so ein Gefühl, nichts Bestimmtes, der Mann wirkt nur so hart. Hart, nicht brutal.«

»Mhm.«

»Ich weiß nicht, ob der über Leichen gehen würde ...« Sie spielte mit dem Kaffeelöffel. »Vielleicht, wenn ihn einer zwingt. Man weiß nie bei so einem Mann.«

»Also doch Broth?«

Diane zuckte die Achseln und griff nach der Marmelade. »Alles nur Vermutung«, sagte sie.

»Woher kennst *du* Broth?« fragte Abel.

»Von da unten, Südfrankreich. Ruski ist dem Doktor immer auf die Pelle gerückt. Aber warum interessiert dich das alles, wenn du kein Bulle bist?«

Abel belegte ein Brot mit Schinken und Käse, ohne aufzusehen, dann antwortete er: »Geschäftliche Interessen.«

»Au weia.« Sie sah noch verlorener an ihrem Gegenüber herunter. Sie glaubte Abel kein Wort. Seine Augen, die Lachfältchen, das Lächeln, der zerknautschte Anzug, nichts davon paßte zu einem Businessman.

Sie schwiegen.

»Große Geschäfte?« fragte sie pro forma, nur um auf den seltsamen Mann einzugehen. Abel schaute sie von unten herauf an. Klar, daß sie ihm nicht glaubte. Gut, daß sie auf das Spielchen einging.

»Ruski war gut im Geschäft«, sagte sie ruhig.

»Ich weiß, ich war sein Partner.«

»Aber bestimmt nicht halbe-halbe.«

»Doch, auch wenn es nicht so aussieht«, sagte Abel lächelnd.

»Gut, und was willst du wissen?«

»Wo genau warst du mit Ruski in Frankreich?«

»Antibes, das heißt, er in Juan-les-Pins, ich in Antibes.«

»Ihr wart nicht zusammen?«

»Doch, bisweilen.«

Abel bohrte weiter.

Diane Schober erzählte, wie sie aus einer Laune heraus mit Ruski nachts, vom Kneipentresen weg, in dessen verrücktem Auto nach Süden aufgebrochen war. Jeder hatte nur das Nötigste, ein paar Kleider, Zahnbürste, Kamm und Kosmetika mitgenommen. Bis Lugano waren sie gekommen. Vor der Abzweigung wäre Ruski mit bleischweren Lidern fast nach links von der Autobahn abgekommen, weil sich vor ihm das Asphaltband in einer Spirale nach oben gedreht hatte. Diane hatte ihn von der Straße herunter in die Stadt gebracht. In Paradiso hatten sie vor dem glitzernden See und den aus dem Morgendunst aufsteigenden Bergen gefrühstückt und später in einem großen, vollklimatisierten Hotelzimmer ein paar Stunden geschlafen. Dann sei man über Mailand und Genua, Monte Carlo und Nizza nach Antibes gekommen.

Ein witziger Typ, der Ruski, zumindest auf den ersten Blick, und reden konnte der, und einem in die Augen sehen ..., aber später habe sie schließlich durchschaut, was mit Ruski los sei, und da habe sie es doch vorgezogen, allein zu sein.

»Allein?«

»Jedenfalls nicht mit Ruski zusammen«, sagte sie und lächelte.

»Und Ruski, hast du den völlig aus den Augen verloren?«

»Nein, ab und zu haben wir uns am Strand getroffen oder sonstwo.«

Abel sah, wie sie eine Zigarette zwischen die Finger nahm und wartete. Er tat, als suche er nach Streichhölzern, obwohl er wußte, daß er keine in der Tasche hatte.

»Hast *du* Ruski umgebracht?« Das Mädchen blies eine lange Rauchfahne von sich. Sie lachte, als sie Abels Verblüffung sah.

»Ich war sein Partner«, sagte Abel und betonte das »War«.

»Vorher?«

»Vorher.«

Hoppla, Abel spürte, wie Diane auf Distanz ging.

»Was ist?«

»Vor seinen früheren Partnern hatte er Angst«, sagte das Mädchen leise, »aber ich weiß von alledem nichts, es interessiert mich auch nicht.«

Sie sah Abel hart in die Augen.

Abel hielt dem Blick stand. »Und was war mit diesem Broth? Hatte er vor dem auch Angst?«

»Eher umgekehrt.«

»Warum das?«

Das Mädchen zuckte mit den Schultern.

»Der Doktor ist kalt wie eine Hundeschnauze, doch wenn er mit Ruski sprach, war er angespannt, gereizt und ja – höflich, ich weiß nicht, wie ich das beschreiben soll. Man spürte irgendwie, daß Broth Angst hatte, und Ruski tat so überlegen.« Sie schnickte mit den Fingern. »Ein Mann wie Broth braucht sich doch nicht mit einem Typ wie Ruski abzugeben, wenn er nicht will.«

»Und du hast Ruski und Broth wiedergesehen?«

»Paarmal, ja, oberflächlich, wie es halt so ist im Urlaub.« Diane hob die Tasse und nippte am Kaffee. »Was soll's?« sagte sie, »Ruski ist tot, und wer ihn umgebracht hat ... Mein Bier ist das nicht.«

Es war wohl nicht die wahre Liebe zwischen den beiden. Sie schwiegen, Diane rauchte vor sich hin und starrte zum Fenster hinaus. Jenseits des Neckars lag ein matter Sonnenfleck auf den Dächern der Häuser.

Abel mußte sich ein Herz fassen: »Fährst du noch einmal mit mir nach Frankreich, ich bräuchte jemanden, der mir hilft, Ruskis Spuren zu verfolgen?«

»Nein«, sagte sie kalt.

Der Rote bekam Schwierigkeiten. Über die Landespolizeidirektion war das Fahndungsersuchen an die Staatsanwaltschaft Freiburg geleitet worden. Dort entwarf ein Referendarkollege von Abel den Antrag auf Durchsuchungsbefehl, der einem Richter unverzüglich vorgelegt wurde und von diesem nach kurzem Überfliegen unterschrieben worden war. Die ersten Proteste der Rauschgiftfahnder vor Ort fruchteten nicht, sie hatten die Wohnung schon länger im Visier. Hier ging es um mehr.

»Polizei, Haussuchung«, sagte ein junger Beamter forsch und rammte mit dem Knie die Tür zur Breitenbachschen Wohnung auf.

Der Rote trat mit starrem Gesicht einen Schritt zurück und ließ den Trupp Kriminaler ein. Die LKA-Männer legten nur von Zeit zu Zeit Hand an, kramten ein wenig mit herum und hielten hauptsächlich den Roten und dessen Freund im Auge. Die Techniker begannen mit ihrem Job. Und sie taten es gründlich. Die beiden Wohnungsinhaber standen in scheinbar stoischer Ruhe, die Arme vor der Brust verschränkt, im Flur und sprachen kein Wort. Die Hunde kamen. Nervös hechelten sie durch die Zimmer, scharrten mit den Pfoten in Ecken herum, schnüffelten an den Kissen – doch es war kein Stoff zu finden. Kein Zentimeter blieb ungefilzt. Die zwei Männer vom Rauschgiftdezernat

Freiburg sahen sich schweigend an. Ihr Blick ersetzte mühelos den nach oben gestreckten Zeigefinger. LKA!

»Das war's dann wohl«, sagte der Rote hämisch, als die Polizei abzog.

»Für diesmal ja«, antwortete der jüngere Beamte in unfreundlichem Ton und polterte hinter seinen Kollegen mit den Hunden die Treppe hinunter.

»Mann, hast du Nerven«, sagte der andere zum Roten. Er wedelte mit der Hand und blies die Luft hörbar durch die Nase. »Da wäre was los gewesen, wenn Breitenbach schon gekommen wäre.«

»Breitenbach riecht Bullen«, sagte der Rote, faltete die zurückgelassene Ausfertigung des Durchsuchungsbefehls zusammen, dann fing er an aufzuräumen.

Und in der Tat hatte sich Breitenbach beim Einfahren in die Straße über die Ansammlung vorschriftswidrig geparkter Autos mit zusätzlichen Antennen gewundert und war vorsichtshalber weitergefahren.

Er achtete sorgfältig darauf, daß ihm niemand folgte. Unbehelligt stellte er sein Auto in einem Parkhaus in der Innenstadt ab. Dort schien ihm sein Wagen mit Heroin, das im doppelten Tankboden eingeschweißt lag, am sichersten aufgehoben. Mit der Straßenbahn kehrte er zurück. Telefonieren wollte er nicht. Schon seit Monaten verzichteten sie darauf, weil sie nicht wußten, ob jemand mithörte. Gesenkten Kopfes schlich Breitenbach die Hausmauern entlang, so als grüble er. Doch Breitenbach spähte dabei sehr aufmerksam hinüber zum Eingang des Hauses, wo er wohnte. Die vorschriftswidrig geparkten Autos waren verschwunden, und die Männer vom LKA, die weiter observierten, fielen nicht auf. Also ging er mit linkisch schlenkernden Armen über die Straße und betrat das Haus, ohne behelligt zu werden.

»Besuch gehabt?« fragte er den Roten, als er eintrat.

»Ja.« Sie schilderten die Haussuchung, und der Freund, den sie Stutz nannten, trank schon den fünften Apfelkorn, weil er immer noch die Hosen voll hatte.

»Hast du die Packung dabei?« fragte er.

Breitenbach zog die Brauen hoch. »Baby, ich rieche das Bullenpack!« Er deutete mit dem Finger auf die Nase.

»An der Grenze ging alles klar?« Der Rote legte eine alte Stones-Nummer auf.

Breitenbach machte es sich auf einer Matratze bequem und zündete eine Zigarette an. Er blies den Rauch durch die Nase.

»Eben.« Noch einen tiefen Zug. »Das ist gerade das Problem«.

»Problem?«

»Ja, warum haben sie ihn nicht dort hopsgenommen, hä?« belehrte der Rote seinen Freund Stutz. »Hier die große Show abziehen und Breitenbach kommt ungefilzt durch, wird hier nicht abgefangen ... Nee, da paßt einiges nicht zusammen.«

Breitenbach stand auf und trat ans Fenster. Dort stand er, den Kopf im Rhythmus der Musik wiegend, und starrte in die Bäume.

»Und warum kommen die gerade heute, warum nicht gestern, morgen oder übermorgen?«

»Vielleicht war der Typ, der angeblich wegen Ruski rumgeschnüffelt hat, doch ein Bulle?«

»Glaub ich nicht. Der hat nicht so gerochen.«

Breitenbach ging im Zimmer auf und ab, tief den Zigarettenrauch inhalierend. Der Rote kauerte in einer Ecke und hatte die Arme um die Knie geschlungen.

Stutz folgte mit den Blicken den Bewegungen Breitenbachs. »Wenn ich Bulle wäre, dann würde ich vor so einem Affentanz erst mal beobachten«, sagte er schüchtern.

»Genau.«

»Und ich würde abwarten, bis was im Busch ist.«

»Die haben aber nicht beobachtet. Das waren heute morgen, als ich weggefahren bin, keine Bullen.«

Breitenbach stand wieder am Fenster und tippte sich an die Nase, während einer der beiden LKA-Kriminaler unten zu seinem Kollegen sagte: »Möchte wissen, warum der sich immer auf die Nase zeigt?«

Der Kollege zuckte die Achseln.

»Vielleicht Heuschnupfen?«

Breitenbach trat wieder zurück.

»Nein, der Typ, der nach Ruski gefragt hat, das war kein Bulle. So dämlich sind die nicht, nicht mal im Kino. Erst einen schicken, dann alles auf sich beruhen lassen und dann die große Sause abziehen, nein, das gibt keinen Sinn.«

»Und wenn die einen Tip bekommen haben? Vielleicht hat der Typ uns ...«

»Gut ist er, unser Kleiner«, spottete der Rote und sah mit seinen blassen Augen zum erstenmal auf.

»Als Abschreckung?« grübelte Breitenbach.

»Als Warnung.«

»Mit den besten Wünschen vom freien Unternehmensberater«, murmelte Breitenbach und kniff die Augen zu, um mit dem Feuerzeug nach der Spitze der Zigarette zu zielen. »Wir müssen die Päckchen holen.« Er schaute auf die dicke, glitzernde Digitaluhr an seinem Handgelenk.

»Ich geh vor.«

»Und wir?«

»Wir treffen uns bei Stutz.«

»Bei mir?« Der Junge zuckte zurück.

»Ja, bei dir«, sagte der Rote. »Bei Breitenbach läuft nichts mehr nach dem Auftritt heute.«

»Genau«, sagte Breitenbach und ging hinaus.

Breitenbach, lang, verklemmt und unsportlich, wie er war, mit unreiner Haut und fahrigen Bewegungen, Breitenbach spielte den dummen August: Er hatte, weiß der Henker wo, seinen Parkschein verschlampt und außer französischem Geld nur ein paar Münzen in der Tasche. Jetzt stand sein Mercedes mit dem Paket Heroin von der Marke »Hongkong-Rocks« unter dem Tank, Hunderttausende von Mark wert, in der Tiefgarage, und Breitenbach konnte nicht zahlen. Zahlen mußte man aber in diesem Fall achtundzwanzig Mark. Große Schilder wiesen darauf hin. Breitenbach hatte aber keine achtundzwanzig Mark. Die wenigen Markstücke in seiner Tasche hätten zwar gut und gerne für die normale Parkzeit gereicht, aber nicht für die Tagesgebühr. Jeder andere hätte lamentiert oder heftig um die Berechtigung solcher straßenräuberischer Maßnahmen gestritten, anders Breitenbach. Er stand vor dem Schalter, hinter dem ein mürrischer Rentner über den Geldeinzug wachte und kramte in den Taschen.

»Nichts«, sagte er kleinlaut. »Ein ganzer Tag ...«

Breitenbach wurde noch eine Spur roter im Gesicht.

»... macht achtundzwanzig Mark.« Der Rentner fuhr mit dem Finger an einer Tabelle herunter.

Breitenbach blieb einfach wortlos stehen und zündete sich mit zittrigen Fingern eine Zigarette an.

»Auch eine?« fragte er leise und hielt das Päckchen durch das runde Sprechloch in der Glasscheibe.

»Das ist die letzte, nein«, stellte der Rentner fest.

»Das macht sowieso nix mehr.«

Der Wächter schwankte, seine gelben Finger wiesen ihn als Raucher aus.

»Wirklich nicht?« fragte Breitenbach und schnickte mit dem Päckchen.

Der Mann im Kassenraum nahm die Zigarette und zündete sie an.

»Scheißspiel«, brummte er schließlich nachdenklich, aber man habe ja seine Vorschriften, fuhr er nach einer Pause fort, Ausnahmen gebe es nicht, es gehe wie immer sowieso auf den Buckel der Kleinen. Man möchte nicht wissen, wieviel die Bosse der Tiefgaragengesellschaft so am Tag verdienen. Ja, davon könne ein Rentner lange leben. Ein paar Wochen, wenn nicht Monate. Und nur weil immer die Kleinen die Suppe auslöffeln müssen. Breitenbach nickte und saugte an der Kippe.

»Und was jetzt?« fragt der Alte hinter der Glasscheibe.

»Für einen ganzen Tag reicht's nicht«, sagte Breitenbach kläglich und zog die Münzen aus der Tasche. Behutsam ließ er sie in die nierenförmige Schale vor der Trennscheibe klimpern. Der Rentner drehte den Hebel, ließ die Schale aber zurückspringen und fragte:

»Einfach so verloren, die Karte?«

Breitenbach nickte und hob die Schultern, ohne durch das Glas zu sehen. Der Alte schaute sich um, obwohl in dem engen Kabuff keiner unbemerkt hinter ihm stehen konnte.

»Ausnahmsweise«, nuschelte er, »wenn du rausfährst, dreimal hupen, dann drücke ich.«

»Danke, Meister«, sagte Breitenbach, salutierte mit dem Zeigefinger und lief erleichtert zu dem dämmerigen Treppengang, der zu den Parkdecks führte.

Plattform III, Platz 38. Er hatte sich das routinemäßig gemerkt, weil man sich in diesen Parkhäusern unheimlich verlaufen kann. Er spürte, daß hinter ihm jemand die Treppe herunterkam, deshalb beeilte er sich, sein Auto zu finden: III, 38, blauer Mercedes.

»Diese Schweine«, zischte Breitenbach, »diese Schweine!«

Exakt auf III, 38 stand ein Kadett mit Münchner Kennzeichen. Keine Spur von seinem Auto mit Heroin für eine knappe halbe Million Marktwert unter dem Tank. Breitenbach fingerte in den Hosentaschen, fand keine Zigarette, suchte noch einmal.

»Kruzifix.«

Sein Schlüsselbund klimperte. Er starrte immer noch auf den Kadett und die gelbe Nummer 38 über der Parkbox. Dann rannte er zurück zur Eisentür an der Treppe. Dort stand auf grünem Grund eine römische III. Breitenbach hastet die Treppe hinauf zu Deck römisch II. Dort stand auf 38 ein Ford. Auf römisch IV, 38, stand keiner. Erschöpft lehnte er sich in eine Nische. In seinem Kopf rotierten die Gedanken.

Dann raffte er sich auf und rannte Deck für Deck ab und suchte systematisch nach dem Mercedes. Nichts, nicht einmal ein ähnliches Auto, Fahrzeug und Fracht waren wie fortgehext. Breitenbach blieb stehen und beugte sich unter Seitenstechen nach vorne. Vor Schmerz und Wut biß er sich auf den Knöchel des Zeigefingers.

Es war klar, sonnenklar. Wer sollte den Wagen abgeschleppt haben? Er war korrekt geparkt! Nein, gestohlen, geklaut, schamlos aufgebrochen, kurzgeschlossen und abgehauen mit dem ganzen Heroin.

Diese Schweine, fuhr es ihm immer wieder durch den Kopf, diese Schweine bring ich um, wenn ich einen erwische. Die haben den Karren mitsamt dem ›H‹ geklaut! Dann fiel ihm der ungebetene Besucher, dieser Wichser ein, der sich Unternehmensberater nannte. In bebender Wut verkrampften sich seine Finger ineinander.

Daß Abel am späten Mittwochnachmittag wieder an Drechslers Besuchertisch saß, war ursprünglich vom Rechtsreferendar im zeitweiligen Dienst des LKA nicht beabsichtigt gewesen. Doch nur wenige Minuten, nachdem er von Diane emotionslos verabschiedet worden war und ihr Appartement verlassen hatte, war er von einem langhaarigen Typ, der Abel irgendwie bekannt vorkam, angesprochen worden. Er hatte ihm auf offener Straße freundschaftlich auf die Schulter geklopft und grinsend einen Gruß von Drechsler ausgerichtet. Abel, der sich der Überwachung nicht gewärtig war, zuckte zusammen und versuchte den Unwissenden zu mimen, was kläglich mißlang, weil der Langhaarige, immer noch lachend, sagte:

»Heute abend um fünf bei Drechsler, Gaus ist auch da.« Er leckte an einem gerade gefüllten Zigarettenpapier entlang. Tabak und Papier zwischen den Fingern knüdelnd, ging er fort.

»Tschau«, sagte Abel hinterdrein und überlegte, ob er aus Prinzip der Einladung nicht Folge leisten sollte. Dann dachte er, daß Drechsler eigentlich schon einen Anspruch auf Zwischenbericht hatte. Übelgelaunt war Abel nach Stuttgart gefahren und hatte trotzig eine halbe Stunde vergehen lassen, einen kleinen Weißen getrunken und ein paar Jungen beim Billard zugeschaut, selber ein paar Stöße gemacht, eher er sich bei Drechsler meldete, weil die Jungen für ihn keine adäquaten Gegner waren und das Spiel ihn zu langweilen begonnen hatte.

»Es ist halb sechs.«

»Weiß ich«, brummte Abel und setzte sich unaufgefordert. Er schlug die Beine übereinander und verschränkte die Arme. Drechsler sah ihm gerade in die Augen, dann lachte er. Abel runzelte die Stirn.

»Verdammt gute Arbeit«, sagte Gaus und gab Abel

einen Umschlag aus Transparentpapier, der ein Hochglanzfoto enthielt.

Schwarzweiß, harte Kontraste, dunkler Hintergrund und vorne ein Lichtkegel schräg in eine Straße, voll erleuchtet vom Blitz ein jeepähnliches Auto mit wulstigen Reifen, breit verchromt, mit Kühlergrill, ohne Verdeck und ein Mann von vorn mit wehenden Haaren, Zigarillo, weißes Jackett, weit offenes Hemd und getönte Brille – unverkennbar Ruski. Oben in der Ecke des Bildes waren Uhr und Meßskala des Radargerätes eingeblendet; die Nadel stand auf hundertvierundzwanzig Stundenkilometer. Abel schaute fragend auf.

»Cagnes-sur-Mer, ein Ort vor Nizza. Ruski hatte zu dem Zeitpunkt, als das Foto geschossen wurde, noch ziemlich genau vier Tage zu leben.«

»Dann hat also der Tip mit Frankreich gestimmt«, sagte Abel mehr zu sich selbst.

»Ja.«

»Wieso?« fragte Abel verdutzt. »Ich habe doch noch gar nicht...«

»Ach, wissen Sie«, sagte Gaus freundlich und zeigte auf seinen Chef, »Drechsler läßt ungern allein fahnden.«

»Mitgehört in der Kneipe?«

Drechsler zuckte mit den Schultern. Abel wollte nicht überwacht werden. Er maulte deswegen herum.

»Grundsatzdiskussion?« fragte Drechsler bissig und unterbrach seinen Redefluß.

»Mit Ihnen?«, Abel winkte ab.

»Mann«, sagte Gaus, »verstehen Sie nicht, das is alles nit ganz ungefährlich, das is zu Ihrer eigene Sicherheit, gell?«

»Okay, Sicherheit«, für Beamte ist das eine Kategorie, für Abel, der nur Beamter auf Widerruf war, eher nicht.

»Also dann erzählen Sie mal genau, mir sind gespannt.« Gaus lachte und kratzte mit dem Stiel seines Kaffeelöffels in dem Pfeifenkopf herum, und Abel begann zu berichten, was er erlebt hatte. Drechsler notierte im Stenogramm mit.

»Paßt«, sagte er schließlich mit einem schrägen Blick hinüber zu Gaus, der dichte Qualmwolken aus seinen gelben Zähnen blies.

»Warum?«

»Das ist kein billiges Auto.« Drechsler deutete auf das Radarfoto.

Ruski müsse ans große Geld gekommen sein, wie auch immer, jedenfalls gebe es nur wenige Branchen, in denen heutzutage soviel verdient werde wie bei Rauschgift – und die Breitenbach-Truppe sei da ganz gut im Geschäft, wie die Freiburger Rauschgiftkollegen vermuteten. Und daß zwischen Ruski und seinen Nachbarn eine enge Verbindung bestanden habe ...

»Die wußten ja, daß Ruski ..., und ich weiß sicher, daß es nit von uns is, mir hawwe da gut aufgepaßt.« Gaus schüttelte den Kopf.

»Also doch nichts mit der Fememordtheorie?«

Drechsler hob beide Hände. »Hypothesen, eine so gut oder so schlecht wie die andere.«

»Man könnte ja auch auf die Idee kommen, daß unsere Terror-Jungs Geld brauche. Und da wäre es vielleicht nit ganz so abwegig, daß die in der Branche einsteigen und dabei so einen geübten Quandler wie den Rusinski quasi als freien Handelsvertreter vorschikken.« Gaus ließ den Pfeifenstopfer durch die Luft sausen. »Man kann ja auch zwei Fliegen mit einer Klappe schlagen.«

Drechsler legte seine Hand auf den Unterarm des Kommissars.

»Gut«, sagte er zu Abel. »Sie haben uns wirklich

geholfen. Da ist jetzt Struktur drin in der Sache, im meine, wir haben da jetzt genügend Ansatzpunkte. Außerdem sind da doch ein paar Aspekte aufgetaucht.«

»Aha. Grüße von Klar & Co.?«

»Wie auch immer.« Drechsler erhob sich und kam jovial auf Abel zu. »Wir haben Ihnen zu danken.«

»Bitte?«

»Nein, wirklich, sie haben uns geholfen, ohne Sie hätten wir bei weitem nicht so schnell Konturen in die Sache gekriegt.«

»Moment mal.« Abel setzte sich wieder und fragte: »Ist jetzt Schluß?«

»Der Rest ist Sache für Profis.«

Abel dachte mit Grausen an die Indem-Sätze von Staatsanwalt Luther. Er begann um den Job zu kämpfen, den er anfangs nicht so gerne angenommen hatte:

»Bis jetzt war ich doch Profi genug für euch. Und jetzt, wenn es so richtig losgeht.«

Die Beamten standen steif vor dem Tisch. »Wie, richtig losgeht?« fragte Gaus.

»Ja, wenn 'ne Dienstreise nach Südfrankreich mitten im August notwendig wird, dann müssen da Profis ran.« Abel grinste. »Da braucht man einen Beamten, der die Landessprache beherrscht. Parlez vous français?« Er fügte noch ein paar Floskeln an, die ihm, Sohn einer französischen Mutter, elegant von den Lippen kamen.

Gaus grinste. »Das machen die Kollegen aus Frankreich für uns. Aber es wäre vielleicht nicht schlecht, wenn Sie telefonisch mit denen Kontakt halten könnten, so wie Sie die Sprache beherrschen.«

»Ach so? Mitten in der Hochsaison, wenn alle Gauner, Trickbetrüger, Heiratsschwindler, Bankräuber und Mädchenhändler da unten auf einem Fleck sind, dann hat die Suretée gerade Zeit für das LKA Stuttgart und den Mord an Kurt Rusinski. Mais non, jamais!« Man darf ja auch mal gewisse Vorurteile ausnützen, wenn das nützlich ist...

Die beiden Beamten zogen sich zurück und flüsterten. Abel bekam nicht heraus, wer für ihn sprach und wer gegen ihn.

Drechsler lächelte säuerlich und fragte: »Würde die junge Dame vielleicht noch einmal mit Ihnen Urlaub machen wollen? Sie kann Sie vielleicht am besten einweisen, mit Leuten bekannt machen.«

»Diane? Klar«, log Abel.

»Nicht schlecht«, knurrte Gaus.

»Der Wievielte ist heute?« Drechsler schaute zu seinem Porsche-Kalender hinüber.

»Warum?«

»Zeit ist auch bei uns Geld. Abreise morgen?«

»Übermorgen«, antwortete Abel.

»Soviel Zeit bei einer so schönen Frau?« fragte Gaus giftig.

»Exakt«, sagte Abel. »Auslandsspesen?«

»Aber nur, wenn das Mädchen mitfährt.«

»Aber dann Spesen für zwei. Sie ist ein bißchen anspruchsvoll.« Abel stand auf und ging zur Tür. Bevor er hinausging, dreht er sich noch einmal um und fragte: »Muß ich anrufen oder wird die Abreise automatisch gemeldet?«

»Wird gemeldet. Und den Vorschuß lassen Sie sich morgen geben.«

Für Breitenbach und seine Leute war die Lage mehr als verworren, nachdem der blaue Mercedes mit dem Hongkong-Rocks so plötzlich verschwunden war. Es gab viele Möglichkeiten einer Erklärung, doch keine der vielen Theorien, die das Trio durchdiskutierte, schienen schlüssig oder führten gar zu einem Weg, das Heroin zurückzubekommen. Die drei hatten ihr ganzes Geld – und das war inzwischen nicht wenig – in die flachen Päckchen mit dem weißen Pulver investiert; wer sich so mühsam Betriebskapital mit Haschhandel und Tablettenvertrieb erworben hat, läßt es sich ungern in einem Handstreich abnehmen.

Es verwundert nicht, daß sich die Geschädigten nach einer langen Nacht darüber einig waren, daß die beiden seltsamen Auftritte des merkwürdigen »Unternehmensberaters« Grund genug waren, weiter in diese Richtung zu ermitteln. Breitenbach behauptete, daß er förmlich riechen konnte, daß da was nicht sauber war. Andere Anhaltspunkte dafür, das Ende des Fadens zu finden, der zu den unbekannten Tätern führen könne, sahen sie nicht. Nur gut, daß sich Stutz genau erinnerte, daß der Unbekannte einen Wagen mit Stuttgarter Kennzeichen gefahren hatte.

Also setzen sich die drei Freunde in Stutz' Ente und fuhren aufs Geratewohl los nach Stuttgart. Egal, ob Bulle oder Mitglied bei der Konkurrenz, der Mann mußte in der Szene bekannt sein, hatte der Rote geschlossen, und Breitenbach hatte zugestimmt. Optimistisch begannen sie ihre Tour.

»Wie groß?« fragte gleich der erste, den der Rote vor einer Kneipe anhielt.

»So etwa.« Der Rote zeigte mit dem ausgestreckten Arm, so daß es wie ein Hitler-Gruß aussah.

»Zerknitterter Anzug, sagst du?«

»Ja, und Hut und ziemlich kantiger Schädel.«

»Und der soll 'nen Citroën fahren?«

»Ja.«

»Seltenes Auto«, sagte der Mann grübelnd. »Jedenfalls selten für die Typen, die hierher kommen.«

»Funkt's?« fragte der Rote erwartungsvoll.

»Hut mit Citroën?« Micha, der lange Musiker mit den melancholischen Augen, schüttelte den Kopf. »Nein, so was gibt's hier nicht«, sagte er schließlich. Er beschloß, Abel gelegentlich einen Tip zu geben, wenn er ihn treffen sollte, weil der Rote so hartnäckig fragte. Freunde sind anders drauf, mehr easy.

Und trotzdem dauerte es nicht lange, bis einer Abels Namen sagte, zunächst nur den Spitznamen »Elsässer«, doch damit war klar, wer gemeint war. Es gab nur einen Elsässer. Breitenbach schaffte es, innerhalb weniger Minuten auch den Nachnamen zu erfahren. Die Adresse herauszufinden war dann nur noch Formsache.

Gaus, der das Trio von einem seiner Beamten für eine gewisse Zeit höchstpersönlich aus Interesse übernommen hatte, stand, die Pfeife wie Maigret im Mundwinkel, in einer Ecke der Kneipe und beobachtete Breitenbach und seine Freunde bei ihrer hektischen Aufklärungstätigkeit. Mit Sicherheit gehörten die drei Männer, so wie sie sich benahmen, nicht zur Terroristenszene, noch nicht einmal Grauzone von der äußersten Ecke. Auch wenn Abel sie am Anfang in der Mensa so eingeordnet hatte. Die waren so nervös, daß sie alle Tarnung fahren ließen.

Gaus als gelernter Zielfahnder kannte die Verhaltensmuster seiner Gejagten viel zu gut, nein, da war kein Zweifel möglich. Um so unerklärlicher war ihm die Hektik der drei. Nach seiner Meinung mußten Breitenbach und seine Freunde sich ganz still verhalten. Sie konnten doch in Abel nur einen Polizisten sehen; die Haussuchung mußte doch Bände sprechen. Zudem hatten sie irgend etwas mit Ruskis Tod zu tun; in der Zeitung stand nichts, und dann kommt plötzlich einer, der unangenehme Fragen stellt. Daß sich der Rothaarige verplappert hatte, das mußte doch aufgefallen sein.

Gaus stocherte ratlos mit einem Streichholz im Pfeifenkopf und beobachtete Breitenbach, der im Telefonbuch unter »A« wie Abel suchte. Ein zweiter Beamter übernahm, weil Gaus plötzlich die Kneipe verlassen wollte.

Es wurde ein redliches Stück Arbeit, bis Abel die schöne Diane aufgetrieben hatte. Zuerst war deren Telefon mindestens eine dreiviertel Stunde lang besetzt. Nach dem zehnten Mal »Tüt-tüt-tüt« in der Leitung beschloß Abel endlich von Stuttgart nach Tübingen zu fahren, um das Mädchen persönlich aufzusuchen. Als er schließlich nach ungeduldigem Drängeln auf der Straße und waghalsigen Überholkabinettstückchen in der Gartenstraße 67 vor der Tür stand, wurde auf sein Klingeln nicht geöffnet. An der Briefkastenklappe klemmte ein zusammengefalteter Zettel.

»Hallo, Klaus«, stand handschriftlich auf dem Papier, »bin in S. beim Jazz, ruf doch morgen mal an.«

Abel mußte morgen schon packen, da war keine Zeit für Anrufe von einem Klaus, also konfiszierte er den Zettel und machte sich ans Nachdenken, auf welchem Jazz in Stuttgart seine künftige Urlaubspartnerin denn sein könne. Auch wenn den »Reingeschmeckten« diese betuliche Stadt nicht nach Jazz zu riechen scheint, gibt es doch die eine oder andere Kneipe mit Pils im Ausschank, viel Qualm in der Luft und hie und da einer Band, die sich mit Eifer an den guten alten Nummern versucht – traditionell, modern, mainstream, allemal. Abel kannte die Jazzbeizen ohne Ausnahme und machte sich, als er wieder in Stuttgart war, auf die Suche nach Diane. Doch niemand hatte das Mädchen gesehen.

Als Abel nach einer Stunden das Sudhaus verließ, die letzte Station seines Kontrollganges, keimte in seiner Magengrube kribbelnde Wut auf. Weiß der Himmel, wo sie war, nur beim Jazz nicht. Die Hände tief in die Hosentaschen vergraben, den Kopf gesenkt, trottete er durch die Fußgängerzone. Der Himmel war schwarz, es begann zu nieseln. Abel schlug den Kragen hoch, obwohl die Luft schwül und klebrig war. Es war noch früh, immerhin, vielleicht war sie vorher etwas essen gegangen ...

Abel beschloß, noch einmal einen Rundgang zu machen, denn er war nicht der Typ, der leicht aufgab. Er schritt, schon leicht durchnäßt, an der langen Kette von Schaufenstern entlang die Königstraße hinunter und bog zur Calwerstraße ab. Zwischen den Juwelieren, Herrenausstattern, Boutiquen – jedes Geschäft für sich ein Tempelchen für den heiligen Konsum – gab es noch einen Bäckerladen mit Kaffeeausschank und wirklich frischen Brötchen jeden Morgen, der wacker bis zur nächsten Mieterhöhung durchhielt. Während an den andren Ladentüren hinter getönten Scheiben allenfalls diskrete Aufkleber anzeigten, welche Kreditkarten angenehm seien, konnte man in dem Bäckereicafé noch echte Papierplakate in der Glastür und im Schaufenster finden. Haushaltsausstellungen für jedermann auf dem Killesberg, die Europameisterschaften im Catch-as-catch-can in der Sporthalle Böblingen, Fußball: VfB gegen Dortmund und – Abel stutzte: Dave-Brubeck-Quartett, Liederhalle, Mozart-Saal. Ein kleiner roter Aufkleber schrie »Heute«. Abel sah auf die Uhr und startete los.

»Jetzt jogget die au no auf dr Königstraße«, sagte ein Schaufensterbummler zu seiner Frau und schüttelte den Kopf.

»Warum au net?« fragte sie und schaute hinter Abel her, der mit langen Schritten, die Arme vor der Brust, vorbeirannte. Wenig sportlich wie er war, gab er keine besonders gute Läuferfigur ab.

»Die Luft isch guet, seit koine Auto mehr fahret.«

Abgehetzt, ziemlich naß, aber gerade noch rechtzeitig für eine der letzten zehn Karten kam Abel vor der Abendkasse an. Es gab nur noch Stehplatz. Egal, Abel griff zu und ging schnell auf die Toilette, um sich ein paar Hände voll Wasser ins Gesicht zu werfen. Dann schlenderte er durch das Foyer. Er traf Bekannte, Freunde, hörte dies und jenes über das Konzert und begann sich langsam zu freuen, weil er schon immer auf Jazz stand, seit er im Gymnasium den Musikunterricht abgewählt hatte. Er besaß von dem alten Brubeck zwei Platten.

Gegenüber, vor dem größeren Saal der Liederhalle, standen Herren mit schwarzen Anzügen und Damen mit auberginefarbenen Abendkleidern, lila Federboa oder kleinen Nerzjäckchen, sauber geputzten Schuhen und diskretem Murmeln. Große Namen zieht auch die Provinz an.

»Jauchzet, frohlocket«, sagte Abel lächelnd zum kleinen Maier, einem ehemaligen Kommilitonen, der mit Gram in den Augen vor ihm stand und die kurze Nase unter der Intellektuellennickelbrille putzte. Der kleine Maier trug schwer an der Welt, obwohl es ihm gutging, er hatte immer so etwas Gramvolles in den Augen.

»Laß doch«, sagte Maier.

»Muffig?«

»Nein, Heuschnupfen.«

»Paß auf, daß dir die Ohren nicht zugehen vor dem Konzert«, sagte Abel liebenswürdig und verschwand in der Menge. Auch mehrere Luftsprünge zur besseren Übersicht gaben ihm keinen näheren Aufschluß darüber, ob Diane hier war. Zu dem Konzertsaal selbst gab es zwei Eingänge, so daß er auch hier nicht kontrollieren konnte, ob sie gekommen war.

Es klingelte, und die Zuschauer schoben sich zum Kartenabreißer vor. Unter ihnen Abel und der kleine Maier, in der Szene als Jazzkenner eine Autorität. Des kleinen Maier noch kleinere Freundin kam von der Toilette zurück und schielte griesgrämig an Abel hinauf. Sie konnte Abel nicht leiden, weil er auf den Emanzen herumzuhacken pflegte. Die Freundin vom kleinen Maier war zwar keine Emanze, sondern Lehrerin für Grund- und Hauptschüler, dennoch fühlte sie sich durch Abels, wie sie es nannte, »unqualifiziertes Gequatsche« jedesmal der Gerechtigkeit halber verpflichtet, die Schwarzer, die Emma, die Lesben und alles Weiblich-sich-emanzipiert-Wähnende in Schutz zu nehmen, was sie wiederum ärgerte. Abel wußte das und freute sich jedesmal klammheimlich darüber. Er war halt doch kein wirklich durch und durch guter Mensch, der Elsässer.

»Male chauvinist«, sagte er leichthin, »dieser Brubeck.«

Keine Antwort, nur ein entgeisterter Blick. Abel schob sich einen Kaugummi in den Mund. »Ein emanzipierter Musiker läßt in seinem Quartett mindestens zwei Weiber mitmachen.«

»Laß bleiben«, sagte der kleine Maier und wischte sich mit dem Handrücken über die roten Augen, Brille in der Hand. Seine Freundin beschloß, sich den Abend nicht verderben zu lassen, obwohl sie sich fragen mußte, warum im Jazz die Frauen so ein Ausnahme unter den Musikern darstellen.

Das Lehrerpaar ging dann auch sofort nach Betreten des Saales nach unten auf die exponierten, teuren Plätze. Abel dagegen ging schräg nach oben zu den Stehplätzen. Dort traf er drei alte Bekannte, Langhaarige mit dünnen Bärten, asketisch dünnen Leibern und sanften Augen. Musiker, die sich Nacht für Nacht in den Jazzkneipen herumtrieben und auf einen Gig für zwanzig oder dreißig Mark hofften. Begabte Leute, denen freilich Ausdauer und Biß fehlten, Eigenschaften, die man überall braucht, um bekannt zu werden und richtig ins Geschäft zu kommen. Micha, der längste von den dreien, war wieder »gut druff«, wie er es selbst nannte.

»So gute Musik ohne ein Kawumm Haschisch ist wie Salat ohne Öl.« Seine Augen glänzten. »Du wirst gesucht«, sagte er dann zu Abel.

»Von wem?«

»'nem Dealer.«

»So? Was hat er gesagt?«

»Nichts, hat nur gefragt, wo du steckst und so.« Der Lange sah schräg herüber. »Hängste auf der Spritze?« fragte er skeptisch.

»Nein, natürlich nicht.«

»Verkaufste jetzt Dope?«

»Auch nicht.«

»Komisch«, sagte Micha zu seinen Kumpanen, »sonst interessieren die Dealer doch nur Junkies.«

»Wie sah der Typ aus?« wollte Abel wissen.

Micha beschrieb den Roten.

»Merci«, sagte Abel.

Er kam ernsthaft ins Grübeln, bis das Licht ausging und die Musiker auf die Bühne kamen. Der Dealer und Diane gingen dann mit den ersten Takten des »St. Louis Blues« in Abels Kopf unter. Eröffnung mit einer klassischen Nummer und nicht mit einem Titel aus dem weltberühmten Repertoire des Pianisten, doch ein Stück, das in die Ohren geht, frohes Stakkato gegen eine noch kalte Masse Publikums gespielt. Der Musiker, grau, gebückt, mit dem Gesicht einer alten Indianersquaw, doch mit frischen jungen Augen, swingte mit drei anderen, die zusammen kaum älter waren als er allein. Aber die Jungen mußten mächtig aufspielen, um mit dem brillanten Feuerwerk des alten Pianisten mitzuhalten.

Das Publikum begann bald in dem dunklen Saal zu wippen, Füße klappten im Takt, Finger schnickten und Köpfe nickten. Nach den ersten Soli kam der Beifall noch brav und zurückhaltend, doch dann wurde man näher bekannt miteinander, familiär mit der Musik und den Solisten, und als vor der Pause »Caravan«, eine alte Swingnummer, kam und mit dröhnenden Soli auf Schlagzeug und Tenorsaxophon eingeleitet wurde, da brüllte der ganze Saal vor Begeisterung, da standen sogar Leute wie der kleine Maier, für die Jazz eher eine intellektuelle Sache als eine emotionale Unterhaltung war, aus den Sesseln auf, um mitten in einem Solo für tolle Toneinfälle zu applaudieren, zu pfeifen und vor Freude »Go man go« zu schreien.

Als das eigentliche Konzert zu Ende war, brüllte man die erschöpften, schweißnassen Musiker wieder und wieder aus den Kulissen zurück an die Instrumente. Und vor Stolz lachend badete der berühmte alte Mann in den Ovationen der Menge und bedankte sich mit immer neuen Stücken aus seinem Repertoire. Die alte Sitzordnung war längst aufgehoben, alles stand und saß in den Gängen und vor der Bühne. Der Kontakt war hautnah. Abel mittendrin, den Blick gebannt auf den flinken Händen des Alten, mitvibrierend und die Finger in den Zähnen, um vor Begeisterung zu pfeifen.

Endlich war auch das Publikum vom Hören erschöpft, und die Lichter gingen endgültig an.

»In Ekstase geraten?« fragte plötzlich jemand neben Abel. Er fuhr herum und starrte Diane an. Ihm fiel wieder ein, daß er halb dienstlich hier war.

»Du nicht?« fragte er.

»Das ist nicht meine Art.« Sie lächelte kühl.

Abel blieb neben dem Mädchen, bis sich das Gewühl langsam lichtete.

»Das ist Jean«, sagte Diane zu einem schicken jungen Mann, der neben ihr herging.

»'n Abend, auch.«

»Guten Abend«, sagte der junge Mann und sah an Abel herunter. Die Paßform von Abels Anzug war durch den Regen nicht besser geworden.

Sie gingen schweigend hinaus vor das Portal. Eine kleine, unsichere Pause entstand, weil keiner wußte, ob Abel gehen würde oder nicht.

»Liegt jetzt was an?« fragte er, statt sich aus dem Staub zu machen.

»Ja, was liegt an?« Diane sah ihren Begleiter fragend an.

»Drink?«

»Ja, gute Idee.« Sofort hakte Abel das Mädchen unter und zog sie fort.

Der schicke Junge trottete nebenher und war sauer, weil Diane sich nicht auch bei ihm einhakte. Abel gelang es, pausenlos auf Diane einredend, die Weichen für eine Griechenkneipe im Bohnenviertel zu stellen, ein Etablissement, das nicht die Zustimmung des Begleiters fand, den es eher in eine Disko zog. Einerlei, Diane wollte nun auch zum Griechen, und so mußte er entweder mitgehen oder verschwinden. Steif hockte er auf dem Holzstuhl an einem kleinen Tisch und schaute befremdet in die Runde.

Das Mädchen hatte freilich schon lange zwei Tische weiter den Hägele vom Fernsehen und den Jazzer Dauner mit seinen fedrigen Haaren erkannt und mit untrüglichem Instinkt gewittert, daß in dieser schmucklosen Kneipe in Wirklichkeit die Kulturprominenz der Stadt eine stille Zuflucht gefunden hatte, und das gefiel ihr. Trotzdem hätte sie es nicht übers Herz gebracht, ihren eingeschnappten Begleiter auf dieses oder jenes bekannte Gesicht aufmerksam zu machen, wenn er nicht selbst …

Abel ging zum Tresen und bestellte.

»Der Klotz bringt mehr als der Hoeneß, bestimmt«, sagte er zu einem Typ nebenan, der Abel auf das Mittelstürmerproblem beim VfB Stuttgart angesprochen hatte. Hinter Abels Rücken begann der Begleiter mit Diane eine zischelnde Auseinandersetzung, weil – auf Abels Geheiß – Schafskäse, Knoblauchjoghurt, Tintenfisch in Essig und Öl mit Kräutern, Hackfleisch in Weinblättern und andere leckere Kleinigkeiten auf einer Platte mit abgestoßenen Ecken serviert wurden, während Abel noch das Stürmerproblem abschließend klärte.

»Ich mag dieses Knoblauchzeug nicht.« Er schob den Teller spontan von sich. »Man stinkt danach aus dem Mund.«

»Schmecken tut's aber«, sagte Diane und lächelte den jungen Kellner an, der verwirrt wegsah. Abel kam zurück, nahm eine Gabel und begann ein wenig wählerisch seinen Teller zu füllen. *Ihm* schmeckte es sogar sehr. Aus den Augenwinkeln sah er Diane an, lächelte, das Lächeln kam zurück. Der junge Mensch rückte weiter ab, signalisierte Aufgabe.

»Es ist besser, wenn du jetzt abhaust«, sagte Abel zu ihm in freundlichem Ton. Der Mann sah hilfesuchend zu Diane, doch die zuckte nur die Achseln.

»Kommst du?« fragte er.

»Nein, ich bleibe«, sagte Diane.

»Viel Vergnügen.« Er erhob sich und ging.

»Triumph?« fragte das Mädchen nach einer Pause.

»Nein.«

»Und warum hast du ihn verjagt?«

»Wegen dir.« Es war eine Feststellung, kein Geturtel,

keine Vertraulichkeit. Abel wischte die Joghurtreste mit einem Brot auf seinem Teller zusammen. »Kommst du nicht doch mit, noch mal runter nach Frankreich?«

Eine Pause trat ein.

»Da kannst du das Meer riechen ... Antibes, der Markt jeden Morgen, das Geschrei, die Musik, der Duft von Kräutern und Rosen, überall Rosen, einen Espresso trinken und den Tag auf sich zukommen lassen, sich gegen Abend auf ein kleines Restaurant in den Bergen oder Pied-dans-l'eau freuen ...«

Abel sah, daß er den Ton erwischt hatte, den er treffen wollte. Davon, daß er ohne sie da unten würde nichts ausrichten können, davon redete er nicht.

Trotzdem kam: »Ich kann nicht.«

»Warum?«

»Meine Diplomarbeit«, sagte sie und trank ihr Glas aus. »Irgendwann muß ich einmal durchkommen, sonst gibt's eine Katastrophe, glaub mir ...«

Abel seufzte vor Anteilnahme. Er begann von sich zu erzählen, seinem langen Studium, seinen beharrlichen Umwegen, weil er Angst vor der Prüfung gehabt hatte, er sprach über seine ständigen Ausreden, seine Argumente, um sich selbst vom Arbeiten abzuhalten. Dann lächelte er.

»Aber irgendwann kommt der Punkt von allein, da packt man's, weil man es packen will.«

»Oder man haut in den Sack«, sagte das Mädchen grob.

»Ein Typ wie du haut nicht in den Sack. Du heiratest vielleicht mal lukrativ - aber das ist nicht in den Sack gehauen.«

»Doch gerade«, sie starrte in ihr leeres Glas, »es bringt nichts, wenn man nur wegen seinem Gesicht und wegen der Figur ...«

»Und seinem Lächeln... Die inneren Werte?« ergänzte Abel.

»Nein, auch das ist zu wenig.«

Sie sah auf und kniff die Augen zu.

»Selbst was sein, selbst, verstehst du?«

Das Mädchen schwieg und trank aus Abels Glas. Abel gelang es, herauszubekommen, daß Diane Volkswirtschaft studierte und an diesem Morgen, nach Abels Besuch, ihr Prüfungsthema abgeholt hatte, irgend etwas mit geldwirtschaftlicher Globalsteuerung. Selbst der Assistent, der ihr die Unterlagen aushändigte, habe mitleidig ausgesehen, dieses Thema sei kaum sinnvoll zu bewältigen, das stand schon jetzt fest. Sechs Wochen Knochenarbeit würden vor ihr liegen und dann zur Belohnung eine miese Note...

»Wenn du zu einem anderen Prof gehst?«

»Dann gilt dieser erste Versuch als durchgefallen.« Sie schüttelte den Kopf. »Nein, das Risiko gehe ich nicht ein.«

»Aber doch nicht, wenn du krank wirst.«

»Warum?«

»Wegen Krankheit kann man doch zurücktreten, ohne daß man gleich durchgefallen ist.« Da sprach der Jurist.

»Ich bin aber nicht krank.«

»Das läßt sich machen«, sagte Abel.

Er kannte aus den alten Zeiten die unterschiedlichsten Leute. Da gab es beispielsweise einen Kommilitonen, der in der Inneren Medizin an der Universitätsklinik als Assistent arbeitete. Der sei Abel noch einen Gefallen schuldig, und was läge da näher, als ihn zu bitten, für Diane ein Attest auszustellen.

»Die Internisten finden immer was«, sagte Abel und machte mit dem Zeigefinger einen Kreis um seinen Bauch.

»Wie beruhigend.«

»Und du hast mit deiner Globalsteuerung sowieso kaum Chancen, das Examen zu schaffen«, setze Abel nach. »Jedenfalls besser mit Attest nach Frankreich als ohne Attest durchfallen«.

Diane sah ihn prüfend von der Seite an. Dann prusteten die beiden gleichzeitig los.

Der Rest der Nacht versank für das Paar hinter einem Schleier von Alkohol, Oldies aus der Musikbox und Tabakqualm. Die Gespräche verloren Zusammenhang und Sinn. Endlich stand der Wirt, schon ohne Schürze, den Kassierbeutel in der Hand, hinter Abel und tippte ihm auf die Schulter. Abel zahlte umständlich, gab ein viel zu großes Trinkgeld und schlingerte dann mit Diane im Arm davon.

Die nächtliche Fahrt nach Tübingen in Abels betagtem Citroën war ein echtes Abenteuer. Mit angestrengter Vorsicht, den immer wieder im Scheinwerferlicht auseinanderstrebenden Mittelstrich auf der Straße beobachtend, tastete er sich über die kurvenreiche Strecke. Diane hing schlafend in den Sitzgurten, ihr Haar wehte in der Zugluft, weil Abel das Fenster weit heruntergekurbelt hatte. Glücklicherweise war wenig Verkehr, so daß es ihm gelang, ohne Kollision durchzukommen, auch wenn er am nächsten Morgen hätte schwören können, daß ständig Bäume mitten auf der Straße gestanden haben und der Gegenverkehr immer im Zweierpack auf ihn zugeschossen war. Der ständige Begleiter, den Drechsler hinter Abel hängen hatte, zukkelte hinterher und atmete erleichtert auf, als das Pärchen unbehelligt die alte Universitätsstadt am Neckar erreichte. Vor dem Betonhaus in der Gartenstraße weckte Abel seine Beifahrerin mit einem sanft-saftigen Kuß. Diane rappelte sich hoch und starrte Abel an wie ein Gespenst. Dann sah man, wie sie sich erinnerte, klackediklack kamen die Bruchstücke zusammen.

»Ich muß scheußlich aussehen«, sagte sie mehr zu sich selbst und fuhr sich mechanisch durch die Haare. Abel öffnete die Tür und half ihr aus dem Auto. Behutsam führte er sie die Treppe hoch zur Tür.

»Sei aber friedlich«, sagte das Mädchen und strich Abel zärtlich über die Wange, als sie die Wohnungstüre aufstieß. Abel versprach nicht das geringste, er kurvte ins Wohnzimmer, sank auf einen Sessel und erwachte dort gegen neun Uhr am nächsten Morgen in einem beklagenswerten Zustand.

Donnerstag, 13. August

Die letzte Stunde vor der Morgendämmerung ist auch im Sommer kalt und grau. Stutz saß frierend in seinem 2 CV in Stuttgart in Abels Nähe und versuchte die Augen offen zu halten. Auf der kleinen, steilen Windschutzscheibe bildeten sich vom Nieselregen Tropfen und Rinnsale, die matt im Licht der Straßenlaterne glitzerten. Zusammengekauert saß er hinter dem Lenkrad und starrte unentwegt hinüber zu der Haustür, die er zu überwachen hatte.

Irgendwann packte ihn eine ohnmächtige Wut auf diesen Typ, der alles versaut hatte, der an allem schuld war und der sich jetzt irgendwo herumtrieb und die erbeuteten Hunderttausende hinauswarf, statt nach Hause zu gehen und sich schlafen zu legen wie jeder andere. Stutz gähnte weit. Plötzlich hielt er inne und kniff müde die Augen zusammen. Ein Mann schritt die Straße herunter, doch er ging achtlos an dem 2 CV vorbei. Stutz ließ sich wieder zurücksinken. Es war nur einer vom LKA, der den Auftrag hatte, zu kontrollieren, ob Stutz schlief oder noch das Haus beobachtete.

Dr. Schickele, der Klinikarzt, der Abel noch einen Gefallen schuldete, verzog zwar das Gesicht, trotzdem nahm er sich Diane sofort in der Ambulanz vor. Es erleichterte seine Aufgabe, etwas zum Krankschreiben zu finden, daß Diane trotz ausgiebiger Morgenkosmetik noch recht grau im Gesicht war und verlangsamt wirkte. Und tatsächlich war nach einigen Laborbefunden eine schöne Diagnose zu stellen: schlechte Leberwerte, was wahrscheinlich vom nächtlichen Alkoholabusus kam, und ein viel zu schwacher Blutdruck. Infolgedessen wurde Schickele, der seinen Beruf außerordentlich ernst nahm, plötzlich sehr förmlich. Er verordnete Pillen, Diät und Bettruhe, sprach von Schonung und Spätschäden. Dabei sah er Abel schief an, in Verkennung der gegenwärtigen Zusammenhänge.

So kam es, daß Abel die nun doch wegen der Leberwerte beunruhigte Diane nachhaltig trösten mußte, weil Schickele, typisch junger Uniklinikdoktor, die Zukunft Leberkranker in düsteren Farben malte. Und Diane war doch so eine Lebenslustige! Diane sah sich nach der Visite beim Arzt praktisch schon mit vernarbter Leber in langwierige Diätprogramme gequetscht, in Kurkliniken zwischen unheilbaren Säufern und Hepatitispatienten interniert. Man soll nicht an einem 13. zum Arzt zur Untersuchung gehen! Sie war unglücklich und wollte das beängstigende Gutachten, das – schnell getippt – ihr ausgehändigt wurde, nicht einmal durchlesen.

Abel brachte sie zurück nach Hause und fuhr noch schnell zur Universität, um beim Dekanat der Volkswirte das Attest abzuliefern. Es war einfach, das Mädchen von der Diplomarbeit loszueisen. Der Assistent war ganz erschrocken und wünschte gute Besserung.

»Schade um das schöne Thema«, sagte er zu Abel und steckte eine Karteikarte in seinem Zettelkasten um. »Das nächste Mal wird's bestimmt nicht mehr so leicht.«

»Leicht?«

»Ja, einfacher ging's wohl kaum noch.«

Abel nickte und verschwand schnell, um in Stuttgart zu Hause seine Siebensachen und bei Drechsler und Co. den Vorschuß zu holen, den er für den Ausflug nach Frankreich brauchte. Am Nachmittag wollte er Diane abholen, und bei ihrem augenblicklichen Zustand sollte man nicht zu lange zögern.

Drechslers Tag begann mit einer Fehlentscheidung. Er nahm den übermüdeten Beamten, der bislang hauptsächlich bei Abel geblieben war, zurück. Nach seiner Meinung drohte dem Referendar im Augenblick allenfalls von der – bei der Polizei so genannten – Freiburger Gruppe Gefahr. Breitenbach und seine beiden Freunde wurden deshalb rund um die Uhr beschattet, so daß der Mann in Tübingen abgezogen werden konnte. Dabei ging Drechsler nach einem kurzen Telefongespräch mit Gaus davon aus, daß Abel von Tübingen aus in den Süden aufbrechen würde und weiter davon, daß der Beamte in Tübingen die Abreise noch überwachen würde. Der hatte allerdings den Befehl anders interpretiert und verließ seinen Posten, als Abel mit seiner neuen Freundin, tröstlich den Arm um ihre Schultern geschlungen, die Ambulanz der Klinik verließ.

Gegen halb eins mittags gab Stutz, total entnervt und vor Müdigkeit frierend, die Bewachung des Hauses auf, in dem Abel seine Wohnung hatte. Im Gegensatz zu ihm waren die beiden Polizeimeister vom LKA frisch und gut ausgeschlafen. Sie meldeten entsprechend ihrer Einweisung in ihren Auftrag, daß der Beobachtete aus seinem orangen 2 CV ausstieg und fortging, kurz nachdem er mit zwei Männern gesprochen hatte, die ihrerseits den Posten des Beobachteten im Auto übernommen hatten. Dann hängten sich die Polizisten an Stutz, sicher, daß die eigene Ablösung zusammen mit dem Roten und Breitenbach gekommen sei. Fehlanzeige, denn die Kollegen waren vor ihrem Einsatz nur noch schnell auf einen Kaffee in der Kantine gewesen und daher zu spät zu dem kleinen Hotel gekommen, in dem der Rest der Freiburger Gruppe genächtigt hatte. Die Beamten nahmen das nicht sonderlich schwer, weil sie schnell festgestellt hatten, daß die beiden nicht bezahlt hatten und ihr Gepäck noch auf dem Zimmer war. Die Gelegenheit schien gut, um kurzerhand die Zimmer zu filzen – was freilich ohne greifbare Ergebnisse blieb.

Abel war über den neuen Autobahnanschluß bei Herrenberg nach Stuttgart gefahren, denn er hatte es eilig. Kein einziges Mal verließ er die linke Spur, drängelte, blinkte und hupte die anderen Verkehrsteilnehmer zur Seite. Die stets verstopfte Vaihinger Hauptstraße vermied er auf geschickten Schleichwegen und kam so knapp eine dreiviertel Stunde, nachdem er Tübingen verlassen hatte, gegen eins vor seiner Wohnung an. Da er nur kurz bleiben wollte, stellte er sein Auto schräg auf den Bordstein ins Halteverbot.

»Sieh an, der Citroën«, sagte Breitenbach und hielt den Roten am Arm zurück. »Erst raufgehen lassen.«

Während Abel die Treppe zu seiner Dachwohnung hinauflief, erkundigten sich die Polizisten, die hinter Stutz hergefahren waren, in der Rezeption des kleinen Hotels nach den Verhältnissen. Die Kollegen kramten unterdessen oben noch in Breitenbachs Reisetasche. Stutz ließ sich erschöpft in sein Bett im Zimmer nebenan fallen und bemerkte nichts von dem ganzen Treiben.

»Ihre Kollegen, also die haben doch eben gerade ...«, sagte der Portier zu den beiden Polizeimeistern, die sich beziehungsvoll anschauten und nach dem Signalement der Kollegen fragten, wobei der eine das Wort »Kollege« sehr prononciert aussprach. Der Portier deutete daraufhin wortlos an den beiden Männern vorbei zur engen Treppe. Die Polizeimeister fuhren herum und starrten entgeistert die zwei vom anderen Observationstrupp an.

»Wer ist vor der Wohnung?« fragten sie sich wie aus einem Mund gegenseitig. Es dauerte nur einen Sekundenbruchteil, um zu begreifen.

»Keine Panik«, sagte einer, »Jörg, du bleibst da und paßt auf den Jungen oben auf.«

Dann stürmte er los, seine Kollegen hinterher. Die drei rannten hinaus zu dem unauffälligen Dienst-Passat, vor dem in der drohenden Haltung eines Bundesligaschiedsrichters, der die gelbe Karte zeigte, eine der vielen Politessen stand, den blauen Block in der Hand. Die drei Polizisten rissen die Türen des Passats auf, der Fahrer startete, wollte nach hinten ausscheren, weil die Politesse vorne unbeeindruckt weiterschrieb und die Vorgänge um sich herum ignorierte, doch der Wagen stand mit dem Heck dicht an einer Straßenlaterne. Der Fahrer ließ den Motor aufheulen und hupte.

»Hau ab!« schrie der Beifahrer aus dem Fenster.

»Moment, Moment«, sagte die Politesse in beherrschter Ruhe. »Sie werden wohl noch Zeit haben, bis ich fertig bin.« Der Fahrer hupte wieder, und der Beamte, der hinten saß, sprang heraus und zeigte seinen Dienstausweis.

»Polizei«, schnauzte er, »wir haben einen Einsatz.«

Ungerührt schrieb die Politesse fertig, dann nahm sie

den Ausweis, um ihn zu studieren und das Paßbild mit dem jungen Mann zu vergleichen, der mit wutrotem Kopf vor ihr stand.

»Merken Sie sich«, sagte die Politesse gemächlich und klappte den Block mit den Zahlkarten zu, »das gilt auch für die Polizei.« Mit ihrem Kuli zeigte sie auf das blau-rote Halteverbotsschild.

In dem Augenblick, als sie einen Schritt zurücktrat, so daß der Passat anfahren konnte, ließ der Fahrer den Wagen mit aufheulendem Motor ausscheren. Der Beamte, der mit der Politesse diskutiert hatte, konnte mit einem waghalsigen Satz gerade noch aufspringen und klemmte sich dabei an der zurückschlagenden Tür die Finger.

Unterdessen stand Abel in seiner Dachkammer, wo er vergeblich nach einem Aspirin gegen seine Kopfschmerzen gesucht hatte. Er hatte es eilig, wollte so bald wie möglich aufbrechen, um nicht in Mailand in das Chaos des Abendverkehrs zu kommen. Er zerrte einen Leinentuchsack vom Schrank herunter, in dem er seit Jahren sein Gepäck verstaute, wenn er auf Reisen war. Das Nötigste konnte er mit ein paar Griffen zusammenpacken. Namentlich im Sommer. Er stand mitten in dem vorderen der beiden Zimmer, den Seesack in der linken Hand, und versuchte sich zu konzentrieren, damit er in der Eile nichts Wesentliches vergaß.

In seinem Kopf pochte der Schmerz, und er versprach sich, nie wieder so viel zu trinken. Aber jedesmal, wenn er mit einer Frau ...

Draußen auf der Treppe hörte er Schritte, ohne sie zu beachten. Die Schritte kamen näher, es klopfte, Abel, der niemanden erwartete, stutzte kurz, ließ den Seesack auf den Boden plotzen und steckte den Revolver in die Hosentasche, weil es sich nicht ziemt, am hellen Tag einen Besucher mit einer Waffe in der Hand zu empfangen. Er ging die zwei Schritte zur Tür und öffnete arglos.

»Grüß Gott«, sagte der Rote freundlich und strahlte über sein ganzes sommersprossiges Gesicht, weil Abel ziemlich verblüfft schaute. Breitenbach schubste Abel vor sich her ins Zimmer zurück und schloß die Tür.

»Jetzt reden wir mal ein ernstes Wort, Unternehmensberater«, sagte er. Der Rote verschränkte die Arme vor der Brust und wirkte gar nicht mehr strahlend.

»Nein!« brüllte Abel, den, ohnehin gestreßt, die helle Wut packte. Er schleuderte den Seesack in einer Kreisbewegung dem unsportlichen Breitenbach in die Kniekehlen, so daß dieser sich am Roten festhalten mußte. Beide gingen zu Boden.

Abel war sofort mit den Knien auf Breitenbachs Rükken, weil der um sich schlug. In seiner Position traf er aber nur den Roten, der zurückschlug. Häßliche Worte wurden gebrüllt. Abel sah in Breitenbachs Gürtel eine veritable 38er. Oh, Mann! Er riß sie an sich. Mit einem Schritt war er wieder bei seinem Seesack. Mit der linken Hand packte er sein Gepäck, mit der Rechten spannte er den Hahn der Waffe.

»Gehen wir«, sagte er knapp und schob Breitenbach den Lauf der Pistole zwischen die Schulterblätter. Die drei gingen hinaus, und Abel schloß ab, nahm den Sack auf die Schulter und trieb die beiden vor sich her die Treppe hinunter. Auf dem vorletzten Treppenabsatz sagte Abel:

»Halt!« Die beiden blieben stehen, Abel schob sich vorbei, immer die Pistole zwischen sich und seine Gegner haltend. »Stehen bleiben! Und wagt nicht, euch in den nächsten fünf Minuten zu rühren«, fauchte er und rannte die Treppe hinunter. Breitenbach sah zu dem Roten hinüber, der nickte ergeben. Kurz bevor Abel die

Haustür erreichte, steckte er die Pistole in den Gürtel, dann schloß er von außen ab und rannte zu seinem Citroën, der unbehelligt im Halteverbot stand. Hinter ihm polterte die Mehrheit der Freiburger Gruppe die Stufen hinunter.

»Scheiße«, schimpfte der Rote inbrünstig und rüttelte an der Tür, während Breitenbach schon nach hinten zum Hofausgang rannte.

Draußen in dem unscheinbaren Dienst-Passat sahen alle drei Beamten mit gerunzelter Stirn der seltsamen Flucht ihres Kollegen auf Zeit zu.

»Spinn ich, oder hat der eine Knarre im Gürtel?« sagte der Fahrer zu seinem Nachbarn.

»Genau.«

Doch da war Abel schon in seinem Auto. Er steckte die erbeutete Waffe neben den Beifahrersitz, weil das Ding beim Sitzen klemmte. »Vorsicht isch die Mutter der Porzellankischt«, hatte Abels Mutter immer zu ihrem Sohn gesagt. Gurte an, Fullpower-Start, und nach wenigen Sekunden war der Citroën um die nächste Ecke verschwunden.

Freitag, 14. August

Auf den breiten Windungen der Straße zum San Bernardino hoch schlängelte sich Abel auf dem Weg nach Süden an Wohnwagengespannen vorbei durch kalten Nachtdunst. Statt am frühen Nachmittag, wie geplant, waren sie doch erst gegen zehn abends weggekommen, weil Diane ein- und wieder auspacken mußte, dies und jenes noch besorgen und noch schnell bei Freund und Feind anrufen mußte. Dann fiel ihr ein, daß sie schon seit Stunden nicht mehr geduscht hatte, also wartete

Abel, die Zeitung in der Hand, bis sie wieder aus dem Bad kam. Und dann bekam sie Hunger. Abel holte Pizza. Der Kühlschrank mußte abgetaut werden. Gegen halb zehn war Abels Geduldsfaden zum Zerreißen gespannt, und er hätte am liebsten bei Drechsler angerufen, um alles abzublasen. Doch plötzlich ging es mit den Vorbereitungen zügiger voran, und Abel hätte auch der üppige Reisekostenvorschuß gedauert, den er sonst hätte wieder zurückzahlen müssen.

San Bernardino. Hinter dem Tunnel auf der Tessiner Seite schien der Mond über dem breiten U-förmigen Tal, das von den Serpentinen der Paßstraße durchschnitten war. Vereinzelt glommen rot und gelb Lichter der Fernlaster und Reisebusse auf dem grauen Band des Asphalts. Diane lag zusammengekuschelt in den Gurten und erinnerte Abel an eine Katze. Im Autoradio sang Bing Crosby »Long Ago And Far Away«.

Die ersten Streifen fahlen Tageslichts zogen bei Mailand durch den stickigen Industrienebel. Die »Tangentiale« war mit Lkws verstopft, die sich rücksichtslos überholten, obwohl alle Kilometer ein Schild mit schwarzem und rotem Lkw angeschlagen war und darunter »continua« stand. Abel hielt Distanz. Neben der Lkw-Kolonne tauchten kahle Wiesen und Fernleitungsmasten im Frühnebel auf. In den Häuserwaben an der Autobahn gingen die ersten Lichter an. Der Tag begann.

Erst jenseits der Berge funkelte die Sonne zwischen den Tunnel der Straße auf. Von oben aus den Bergen herabkommend, sah man das Meer blau und dunstig zwischen den Uferfelsen der Küste liegen. Abel hatte längst sein Fenster heruntergekurbelt und schnüffelte in die frische Morgenluft, die nach Salz, Nadelhölzern und Diesel roch.

»La mer«, sang er breit, »ölalalala-lala ...«, weil er

den Text nicht kannte. Und dann: »Blanc, bleu, blanc, le ciel Provence ...«

Diane drehte sich, blinzelte und gähnte. Sie rappelte sich hoch und sagte: »Wir sind aber schon weit.«

»Ja.« Abel war gut gelaunt, obgleich er in der vergangenen Nacht kein Auge zugetan hatte. Er gab sich noch ein Aspirin und sagte: »Ich seh sicher schrecklich aus.«

Das Mädchen drehte den Rückspiegel zu sich herüber, gerade, als Abel zum Überholen ausscheren wollte, und betrachtete sich kritisch. Vollbremsung.

Doch dann ging es zügig voran. Abel fegte mit seinem betagten Citroën durch die engen Kurven der italienischen Küstenautobahn. Es kam die Grenze, kurzes Winken des Beamten. Danach vorbei an Monaco, Roquebrun, Cap Estel, endlich Nizza. Abel nahm die Ausfahrt zum Hafen und trödelte mit offenen Scheiben durch den Morgenverkehr zur Promenade des Anglais hinunter. Obwohl er schon seit zwei Jahren nicht mehr hier gewesen war, fand er gleich die Place Garibaldi, parkte sein Auto und zog Diane heraus.

Lachend wichen die beiden einem wassersprengenden Fahrzeug aus und holten sich doch nasse Füße. Die Acht-Uhr-Sonne nagte sofort trockene Flecken in die Feuchtigkeit auf dem Pflaster. Abel nahm Diane an der Hand. Zusammen rannten sie durch die Autoschlangen hinüber zu den Arkaden, hinter denen die Altstadt beginnt, um dort in einem Bistro Café au lait mit frischen Croissants zu bestellen. Es roch wie in einem Roman von Simenon auf der Terrasse der kleinen Bar.

»Bereust du's?« fragte Abel kauend.

»Was? Daß ich mitgefahren bin?«

»Ja.«

»Was Besseres als eine Diplomarbeit findest du allemal.«

Abel nickte und bestellte noch ein Croissant, dabei schaute er zu Diane hinüber, die ihren Pulli über den Kopf gezogen hatte. Er sah im Gegenlicht, daß sie keinen BH trug. Und Abel wäre nicht Abel, wenn ihm das nicht sehr gefallen hätte. Er lehnte sich zurück, schloß genießerisch die Augen und lauschte den Geräuschen der Straße und den Stimmen, dem Gezeter, Lachen, Reden. Vom Nebentisch klang behutsames Geflüster herüber, von der anderen Straßenseite Geschrei, Unterhaltungen, ein Radio irgendwo oben auf einem Balkon spielte Klassik und kämpfte gegen Hupen, Motoren, Klappern, Quietschen. Abel schlug die Augen wieder auf, atmetet tief aus und streckte sich. Mon pays!

»Suchen wir ein Hotel?« fragte er.

»Wo?«

»Wo Ruski war.«

»Dann müssen wir noch ein Stück fahren.«

»Okay.« Abel warf ein paar Münzen auf den Tisch.

Das Hotel, in dem der von einem Unbekannten getötete Ruski damals abgestiegen war, paßte zu dem Bild, das man sich auf Grund der bisher erhobenen Befunde über dessen finanzielle Lage machen konnte. Es lag draußen auf dem Cap d'Antibes, ein weißes Palais mit palmenumsäumter Auffahrt und separaten Eingängen für Lieferanten, mit Bediensteten, die an den Glasportalen den Gästen den Schlag aufhielten. Zwei Männer, unverkennbar Deutsche, beide um die Vierzig, federten gerade im Tennisdreß die breite Eingangstreppe herunter und ließen sich in einen offenen Porsche helfen.

»Nein, mein Herr, wir sind komplett«, sagte der braun livrierte Türsteher in holprigem Deutsch mit schrägem Blick auf Abels altes Auto. Diane war tapfer, zuckte mit keiner Miene, und Abel war insgeheim froh über die Absage, weil das Hotel sicher seine Tagesspesen schon mit dem nackten Übernachtungspreis verschlungen hätte. Seine Fahndungspartnerin führte zielsicher zu den restlichen feinen Absteigen im Umkreis. Doch zu Abels Erleichterung waren auch alle anderen besetzt, und wenn man ein Zimmer ab zwölf Uhr in Aussicht stellte, dann doch eher ungern. Jeder Portier wünschte sich solventer aussehende Gäste für sein Haus.

Gegen zehn Uhr machte Diane schließlich den Vorschlag, Abel möge weitersuchen und sie an einem Strand absetzen und wieder abholen, wenn er etwas Passendes gefunden habe.

»Okay«, sagte Abel und schob sich im Stau auf der Küstenstraße von Golf Juan zurück Richtung Juan les Pins, während Diane auf dem Rücksitz aus ihrem Koffer Bikini, Badetücher, Kosmetika, Kopftuch, Tempos, Zeitschriften und Bücher in einen Weidenkorb umpackte und über die Schulter hinweg den Fahrer dirigierte.

»Findest du es wieder?« fragte sie, als sie an einem kleinen Strand in einer Bucht draußen am Cap d'Antibes ausstieg. Abel nickte und sah ihr zu, wie sie über die Straße ging und schon am Eingang des eintrittspflichtigen Privatstrands von einem ebenso korpulenten wie quirligen Mann mittleren Alters voller Überschwang begrüßt wurde. Küßchen hier, Küßchen da. Abel fuhr mit finsterem Gesicht davon, weil er es haßte, als Kofferkuli für eine – wenngleich überdurchschnittlich schöne – Frau die lästigen Arbeiten zu erledigen, während andere... Wütend hupte er sich in den Verkehr zurück.

Die Quartiersuche verlief doch ungleich problemloser, als er zunächst befürchtet hatte. Abel war ins Hinterland ausgewichen. In einem kleinen Flecken, knapp vier Kilometer hinter Antibes, vermittelte ihm eine junge Frau in einer Ein-Zimmer-Agentur ein Appartement für eine Woche zu einem gerade noch erträglichen Preis. Zimmer, Bad, Küche, Vorraum, ein Stockwerk eines kürzlich renovierten uralten Hauses, mit wenigen Möbeln praktisch eingerichtet, ohne die übliche rustikal-kitschige Wucht, mit der man oft den Charme solcher Bauwerke umzubringen pflegt. Abel packte mit ein paar Griffen seinen Seesack aus, verstaute die 38er in seiner Tasche, nachdem er sie vorher genau unter die Lupe genommen hatte, duschte kurz und schob noch schnell Dianes klobigen Koffer unter das Bett, bevor er ging.

»Hi«, sagte Diane und lächelte unter ihrer weiß umrandeten Schmetterlingssonnenbrille von einem Barhocker her. Abel kam mit einem zusammengerollten Handtuch und der »Süddeutschen« sowie dem »Nice Matin« unter dem Arm den Plankenweg zum Privatstrand herunter.

»Hi«, winkte er zurück.

»C'est mon ami Jean«, sagte Diane mit hartem deutschem Akzent zu einem schwarzbraunen dicklichen Mann mit Tangahöschen und massivem Silberkreuz auf der Brust. »Und das ist mein Freund Luc, er ist fast immer hier, den ganzen Sommer.«

Abel sprach ein paar Sätze mit Luc.

»Français?« fragte Luc, und Abel erklärte, daß seine Mutter Französin gewesen sei, was heißt Französin, aus dem Elsaß. Währenddessen saß Diane nebenan, suckelte mit einem Strohhalm an einem grasgrünen Getränk und strahlte Abel ein wenig an. Obwohl er keinen braunen Körper hatte, sah er auch in der Badehose nicht schlecht aus. Und das mit der Hautfarbe war ja das geringste ... Dann führte sie Abel zu ihrem Platz auf einer der braun-ocker gestreiften Luftmatratzen, setzte sich, streifte mit fließenden Bewegungen ihr Bikinioberteil herunter und begann mit rituellem Eifer ihren Körper mit Sonnenschutzcreme einzusalben.

Abel rollt sein Handtuch aus, es zeigte den 20th-Century-Fox-Löwen mit Emblem. Er lehnte sich zurück, atmete die Seebrise, roch den Duft von Sonnenöl und beobachtete die massierenden Hände von Diane. Von der Küche des kleinen Restaurants mischten sich die Düfte provenzalischer Speisen. Es war exakt, wie er es versucht hatte zu beschreiben, als er Diane überredete.

»Richtig schön hier?« sagte sie beiläufig

Abel nickte.

»War Ruski auch hier?«

»Nur zwei- oder dreimal.«

»Das muß ihm aber gefallen haben – so wie ich ihn kenne«, sagte Abel und musterte die anderen Frauen und deren wohlhabend aussehende Männer oder Begleiter.

»Gefallen schon, aber er ist dann mit diesem Broth rumgezogen, mit Broth und seiner Clique.«

»Warst du da nicht mit?«

»Nein, er wollte das nicht.«

»Warum?«

»Geschäfte.«

»Aha.«

»Ich habe dir doch gesagt, daß ich ihn nur in den ersten Tagen regelmäßig gesehen habe«, sagte Diane gleichgültig und rekelte sich neben Abel. »Ich finde schnell andere Freunde, ich war auf diesen Ruski nicht angewiesen.«

Kein Zweifel. Abel dachte an diesen Luc, der sich zum Lunch niedergelassen hatte, und blinzelte in die Sonne, die weiß und hart herunterbrannte. Der Dialog der beiden floß träge dahin.

»Ruski ist im Hôtel du Cap abgestiegen«, sagte Diane. »Mit einem fürstlichen Trinkgeld hatte er sich ein Zimmer besorgt, obwohl alles anfänglich genauso besetzt war wie heute morgen. Ruski ist hartnäckig geblieben.«

Abel überging das. Er fragte weiter.

»Nun«, fuhr Diane fort, »die ersten beiden Tage ist nicht viel passiert. Wir haben hier am Strand gelegen. Ruski ist ständig zum Telefon gegangen, um zu probieren, ob Broth schon eingetroffen war.«

»Waren die beiden verabredet?«

»Glaube ich nicht. Ruski wollte Broth überraschen. Jedenfalls ist er regelmäßig mit dem Auto an Broths Villa vorbeigefahren.«

»Und dann ist Broth gekommen?«

»Ja. Und von da an ist Ruski ständig in der Clique von Broth gewesen, ich habe ihn nur noch zwei- oder dreimal getroffen«, sagte Diane, »im Casino Ruhl in Nizza, in Cannes am Yachthafen und in Juan und dann nicht mehr.«

»Hast du nicht mit Ruski zusammen im Hotel gewohnt?« fragte Abel.

Diane lächelte. »Das hat doch wohl nichts mit deinen Geschäften zu tun.«

»Vielleicht doch.«

»Eifersüchtig?«

»Nein«, sagte Abel, was nicht ganz stimmte, »aber ich muß es wissen, weil Ruski mit Broth gekungelt hat. Nach dem plötzlichen Ableben meines Geschäftspartners bleiben eine Menge Fragen offen, die ich wohl oder übel an Broth stellen muß, und da ist es besser, wenn ich alles ...«

»Welche Geschäfte macht ihr denn?« fragte das Mädchen und streichelte behutsam mit ihrem Zeigefinger über Abels bleichen Arm. »Gaunereien?«

»Nein, Patente, Modultechnik und so«, sagte Abel und sah auf das Meer hinaus.

»Du bist doch alles andere, bloß kein Techniker«, stellte Diane fest.

»Nein, Jurist.«

»Broth ist auch kein Techniker, er ist Arzt.«

»Ärzte brauchen viel Elektronik.«

»Und was hast du als Jurist mit der Modultechnik zu tun?«

»Ich habe die Transfers gemacht und die Formalitäten beim Bundespatentamt in München.«

»Ruski war auch kein Techniker, jedenfalls kein Erfinder.«

»Woher weißt du das?«

Diane setzte sich und zündete sich eine Zigarette an.

»Techniker sind anders.«

»Pardon! Er war der König im Auspuffschweißen«, sagte Abel.

»Ja, aber sicher auch nicht mehr als das.« Sie begann sich für den Fall zu interessieren

Abel zuckte mit den Schultern und fabulierte weiter an seiner Geschichte. Es war seine Stärke, aus dem Stand irgend etwas zu erfinden. Richtig, Ruski habe auch nicht selbst entwickelt, sondern nur gemakelt. Dazu brauche man kein großes Büro mit vielen Kräften und auch keinen Dipl. Ing., nur clever müsse man sein.

»Das war er«, sagte Diane und blies den Rauch durch die Zähne. »Aber du machst die Formalitäten noch nicht lange.«

»Warum?«

»Ruski hatte ein besseres Auto und mehr Geld.«

Abel mußte an die Beschreibung denken, die der schwule Petermann von Diane gegeben hatte.

»Nein, noch nicht lange«, sagte er. »Deswegen bin ich auch scharf darauf, im Geschäft zu bleiben.«

Diane sah das ein.

»Broth wollte scheint's weniger.« Sie streckte sich wieder aus und lag reglos auf dem Rücken, Gesicht und Körper der Sonne zugewendet. Abel wartete schweigend, bis sie weitersprach.

»Ruski machte ein paar Andeutungen.«

»Welche?«

»Daß er ein bißchen nachhelfen müsse oder so.«

Abel legte sich auf den Bauch und blinzelte zu einer Frau hinüber, die aufrecht im Schneidersitz saß und sich die Haare hochsteckte.

»Und hat er nachgeholfen?«

»Woher soll ich das wissen?«

»Du hast ihn doch noch getroffen, später im Casino.«

»Ja, aber wir haben über was anderes geredet.«

»Wie war der Ton zwischen den beiden?«

»Nicht gerade herzlich, ziemlich kalt waren die.«

»Wie Feinde?«

»Ja, vielleicht, aber das kann an Broth liegen, ich kenne ihn ja nicht richtig.«

Die andere Frau ging ins Wasser, und Abel verschränkte die Hände über dem Kopf und starrte hinauf in den grellblauen Himmel. Zwei Möwen segelten weich im Seewind. Er spürte, wie Diane sich erhob und in ihre Segeltuchschuhe schlüpfte.

»Luc, fährst du raus zur Yacht?« rief sie.

»Ja.«

»Schätzchen, kommst du mit?« Das war ein Holländer. Abel schloß die Augen. Plötzlich hörte er Geschrei, Gelächter und Dianes Kreischen.

»Eins, zwei ...« Der Holländer hatte sie an den Fesseln, Luc an den Armen gepackt, beide standen breitbeinig am Rand der Bootspritsche und schwangen Diane in weiten Schwüngen hin und her.

»Un, deux, trois, et allez!« brüllten die Männer, und mit einem schrillen Schrei flog Diane fast über ihre Köpfe, drehte sich in der Luft und stürzte klatschend ins Wasser.

»Laßt das doch«, sagte Abel, der sah, daß sie bei dem groben Scherz nicht gerne mitmachte. Luc zuckte mit den Schultern und sagte, ein Mädchen vom Kaliber Dianes müsse sowas aushalten, er bückte sich zur Vertäuung seines Schlauchboots.

Abel blickte zu der Stelle, wo Diane ins Wasser eingetaucht war.

Es dauerte einige Augenblicke, ehe Dianes Kopf wieder an die Oberfläche kam, sie riß den Mund auf, glitt wieder unter Wasser, ein Arm kam hoch, griff in die Luft. Sie versank erneut. Wieder kam sie hoch, diesmal mit aufgerissenem Mund, der nicht mehr schrie. Der Holländer und Luc lachten dröhnend.

Abel startete los und ergriff schnell und sicher die wieder auftauchende Hand des Mädchens und bekam mit beiden Armen zumindest ihren Kopf über Wasser. Jetzt war auch ein schmächtiger junger Mann zur Stelle und schließlich Luc. Zu dritt zogen sie die nach Luft japsende Diane an Land. Erschöpft und vom Schreck und Wasser noch taub saß sie in einer Lache auf den sonnenheißen Brettern des Stegs.

Der Holländer, nun doch erschrocken, rannte zur Bar und kam mit einer Flasche Cognac und kleinen Gläsern zurück. »Sorry«, sagte er und machte ein Cockerspanielgesicht.

Diane kippte das Wasser aus ihren Schuhen, sah böse an ihm hoch und fauchte: »Hau ab!«

Doch der Holländer goß ungerührt den Cognac ein und stellte ihr ein randvoll gefülltes Glas vor die verschränkten Beine. Abel stand ein wenig abseits und beobachtete, wie der dritte Helfer, jener ein wenig hühnerbrüstige Jüngling, neben ihr kauerte, sie unablässig von der Seite betrachtete und ihren Arm streichelte.

Diane bemerkte es. »Danke, Stefan«, sagte sie.

Diane trank nun doch einen großen Schluck Cognac, bekam Farbe ins Gesicht und lächelte wieder.

Der Junge war gerade vorher am Strand angekommen. Nun packte er seine Sachen aus und ließ dabei keinen Blick von Diane, die fast beiläufig zu Abel sagte: »Das ist Stefan Broth, der Sohn vom Doktor.«

Abel sah den Jungen aufmerksam an.

Nachmittags gegen drei verließ Abel den Strand mit heftig geröteter Haut. Er war vorher noch eine halbe Stunde ins Meer hinausgeschwommen und fühlte sich jetzt angenehm müde und ausgelaugt. Es war gut, daß Diane noch bleiben wollte, denn Abel hatte in Nizza zu tun. Auftragsgemäß mußte er sich nämlich bei der Präfektur melden. Nach wenigen Stopps zur Erkundigung fand Abel das Polizeigebäude in der Altstadt, kurz hinter dem Marché des Fleures. Er stellte sein Auto respektlos scharf an einer Ecke im Halteverbot ab, nachdem der Platz von einem Franzosen geräumt worden war, und begab sich auf den Weg, um die zuständige Dienststelle ausfindig zu machen.

Das Gebäude wirkte von außen bemerkenswert zivil. In den Arkaden und Säulengängen, die die Fassade bildeten, blühten Oleander und Geranien, wucherten Palmen und Zitronenbäumchen in Holzkübeln. Nur ein von der Hitze müder Posten in einem martialischen rotweißen Schilderhäuschen vor dem schmiedeeisernen Gitter wies auf den öffentlichen Zweck des Gebäudes hin. Abel hatte, deutsche Verhältnisse gewöhnt, in der Vorhalle Sicherheitsvorkehrungen, Panzerglas und Sprechanlage erwartet, doch hier war alles offen.

Anzeigeerstatter und Beschuldigte saßen mit griesgrämigen Gesichtern auf abgewetzten Holzbänken, dazwischen liefen Beamte mit Papieren unter dem Arm von Zimmer zu Zimmer, und es war sogar ausgesprochen schwer, den Wächter in seiner Concierge-Loge bei einer Diskussion mit Kollegen über die Aussichten des A. S. Nizza beim nächsten Spiel zu unterbrechen, um eine Auskunft zu erhalten. Der Beschreibung des Beamten folgend gelangte Abel in die oberen Stockwerke, fragte noch zweimal, bis er schließlich an eine Tür mit dem Schild Mlle. Pellegrini klopfte. Niemand antwortete. Abel klopfte noch einmal, dann öffnete er die Tür.

Der Raum war leer. Abel zögerte, doch dann trat er ein, er war ja so etwas wie ein Kollege. Das Zimmer hatte große, offene Fenster und Türen, die auf eine der säulengeschmückten Umgänge führten. Zwischen den Pflanzen hindurch sah man hinaus auf das in der Nachmittagssonne glitzernde Meer, das mit Segelbooten und Yachten gesprenkelt war. Von unten drangen Stimmen und Straßengeräusche herauf. Es war schwer, sich einen stiernackigen Polizisten vorzustellen, der hier mit Andacht einen Beschuldigten auseinandernahm.

Die Tür flog auf, und genau dieser Bullentyp kam herein, stockte und schnauzte Abel in hartem, provenzalisch gefärbtem Französisch an, was denn los sei, das sei hier kein Asyl, also raus. Ganz sicher, dies war nicht Mademoiselle Pellegrini. Abel stand auf und wollte dem Mann seine Anwesenheit erklären, da kam Mademoiselle und sah Abel etwas weniger unfreundlich an.

»Ich komme aus Stuttgart, von der deutschen Polizei, und zwar wegen eines Radarfotos aus Cagnes-sur-Mer«, sagte er auf französisch.

»Tiens«, sagte Mademoiselle, ging zu ihrem Schreibtisch, der unerhört aufgeräumt war, und zog sofort ein Telex heraus. »Monsieur Abel?« fragte sie.

Abel nickte.

»Okay«, sie winkte dem Stiernacken, und der verschwand mit einem skeptischen Seitenblick.

»Bon!« Mademoiselle Pellegrini lächelte und fragte Abel, ob er das Radarfoto noch einmal sehen wolle.

»Nein, danke«, sagte Abel. »Ein paar Hilfestellungen.« Nun war sie ein wenig verlegen, sie hatte sehr viel zu tun. Was soll man mitten in dem ganzen Streß mit dem Kollegen aus Deutschland machen? Zum Essen hatte sie sowieso keine Zeit, kaum für Antworten, außerdem war sie später mit ihrer Mutter verabredet.

Abel stand auf und trat an die Balkontür, die Hände auf dem Rücken verschränkt, damit die nette Polizistin nicht sehen sollte, daß er lächelte. Hinter ihm zappelte die Kollegin herum. Es war exakt so, wie er sich seine Mission bei der französischen Polizei vorgestellt hatte. In der Hochsaison an der Côte d'Azur, wenn sich alle Tagediebe, Hochstapler, Einbrecher, Räuber, Spione und Betrüger die Ehre geben, weil in Paris nichts los ist, nein, da hat die total überlastete Polizei, personell nur für den Normalbetrieb in der Provinz ausgestattet, etwas anderes zu tun, als eine Sonderbrigade zur Unterstützung eines deutschen Zufallsdetektivs abzustellen...

Das Telefon schellte, und Mademoiselle Pellegrini nahm nervös ab. Abel setzte sich unaufgefordert und betrachtete die Kollegin. Pellegrini heißen und echte blonde Haare haben, dachte er. Ihr Gesicht war blaß und hübsch, die Haare sehr schlicht und sportlich geschnitten. Auffällig die langen, schmalen Hände und die Art, den Kuli beim Schreiben zwischen Zeigefinger und Mittelfinger zu halten. Ein zierlicher Körper in einem selbstgeschneiderten Fähnchen, dem die Paßform fehlte, die Farben waren ein bißchen verunglückt. Mademoiselle Pellegrini war nicht hübsch, aber auf den ersten Blick sympathisch.

»Es geht um einen Mord«, sagte Abel freundlich, als sie aufgelegt hatte.

»Oh!« Höfliche Aufmerksamkeit, Blick auf die Uhr. »Sie suchen den Mörder hier. Hier bei uns?«

»Nein, nur Spuren.«

»Ich werde Ihnen selbstverständlich helfen, Sie müssen aber verstehen, daß wir ...«

Abel winkte ab und versuchte ein strahlendes Lächeln. »Es ist nur wegen der Legitimation, wenn Sie meinen Besuch vielleicht in einem Hotel telefonisch ankündigen könnten.« Er zeigte auf den Apparat und nannte die Nummer des Hotels, in dem Ruski gewohnt hatte.

»Ja, selbstverständlich.« Sie war sichtlich erleichtert und schob ihm mit einer burschikosen Geste die Ohrmuschel zum Mithören hinüber. Kühl und geschäftsmäßig redete sie dann mit der Telefonistin, dem Portier an der Rezeption und dem Geschäftsführer. Sie kündigte knapp und mit entschiedenem Ton, der keinen Widerspruch aufkommen ließ, den Besuch Abels für morgen an. »Das war alles?« fragte sie.

»Ja, danke, es war sehr nett von Ihnen ... Und wenn Sie noch an meine Dienststelle ein Telex durchgeben könnten, daß ich mich bei Ihnen gemeldet habe.«

Ordnung mußte sein. Abel war ja schließlich deutscher Beamter auf Widerruf und auf Staatskosten unterwegs. Auch das mit dem Telex ging klar.

Sie nickte und sah wieder auf die Uhr.

»Trinken Sie einen Aperitif mit mir?« fragte Abel trotzdem.

Sie blickte seufzend auf ihre sauber gestapelten Akten und schüttelte den Kopf. »Ich fürchte, ich habe keine Zeit.«

»Auch keine zehn Minuten?« Schräg gelegter Kopf, Lächeln.

Sie schaute Abel in die Augen.

»Komm«, sagte er und stand auf.

Mademoiselle Pellegrini lachte und kam hinter Abel her.

In einem Straßencafé am Blumenmarkt setzten sie sich nebeneinander an einen kleinen Tisch mit angeschlagener Marmorplatte. Abel bestelle Pastis und einen kleinen Rosé. Er erfuhr, daß Mademoiselle Pellegrini viel, unheimlich viel arbeiten mußte in diesen Tagen. Daß sie den Schlendrian ihrer Kollegen haßte und so was von effizient war, ja bei den Deutschen sei das sicher anders. Abel winkte ab. Er kannte das: Es gibt nicht wenige Franzosen, die sich vor der Disziplin der Deutschen fürchten und sie gerade deswegen bewundern und sich wünschen, sie selbst seien auch nur annähernd so diszipliniert, und die sofort aus der Haut fahren, wenn jemand von ihnen Disziplin verlangt. Mademoiselle Pellegrini gehörte zu diesen Leuten.

Abel fragte, was sie in ihrer Freizeit mache. »Strand? Meer?«

Strand, nein, den Strand sehe sie nur, wenn sie mal jemanden festnehmen müsse, der zufällig gerade beim Baden sei. Man komme zu nichts, und im Winter, na, im Winter da sei Nizza ein unausstehliches Provinznest. Als gewiefter Zuhörer ließ Abel sie reden und beobachtete ihre schlanken Hände, die das Pastisglas drehten und wie eine Schachfigur zwischen den Marmoradern versetzten.

»Und wie ist es bei Ihnen?« fragte sie.

»Nicht so hart.« Abel zwinkerte mit einem Auge und erzählte ein wenig über sich und seinen Gelegenheitsjob und die Suche nach den letzten Stationen im Leben des Rusinski.

»Eine schöne Dienstreise, nicht schlecht.« Sie sah ihn an.

Abel fragte nach ihrem Vornamen und erfuhr, daß sie Simone hieß.

»Okay, ich heiße Jean.« Und Abel mußte erklären, warum er einen französischen Vornamen hatte und die Landessprache so gut beherrschte.

»Uff, es ist spät«, sagte Simone und griff zur Handtasche, um nach ihrem Geld zu kramen, doch Abel zahlte schnell.

»Lange zehn Minuten.« Abel sah auf die Uhr und gab ihr die Hand.

»Du rufst an, wenn du was brauchst?«

»Sonst nicht?«

»Das hängt von dir ab, salut.«

»Salut.« Abel ging zu einer Telefonzelle, um neben der formellen dienstlichen Meldung den Kontakt zu Gaus und seinem Chef aufrechtzuhalten.

Gaus hatte einen ausführlichen Aktenvermerk über das Telefongespräch mit Abel aus Nizza gefertigt und schob das Papier Drechsler hin, der gerade telefonierte. Das Mundstück seiner Pfeife zwischen den Zähnen mahlend, beobachtete der Kommissar seinen Chef dann bei der Lektüre. Mit der linken Hand zwirbelte er in seinen dünnen Haaren. Draußen goß es in Strömen. Gaus streute eine Bemerkung über das Wetter an der französischen Südküste ein.

Drechsler sah sehnsüchtig zu seinem Porsche-Kalender hinüber. In einer Woche würde er Urlaub machen. Hammamed war auch nicht schlecht, aber Nizza war sicherlich besser.

»Der soll sich bloß anstrengen«, brummte er bissig.

Gaus paffte noch ein bißchen, ehe er sagte: »Objektiv gesehen hat der Abel ja bislang am wenigsten Mist gebaut. Wenn ich nämlich an unsere Leute denk, dann ...« Er ließ die Folgerung unausgesprochen.

Drechsler deutete auf den Aktenvermerk. »Jedenfalls wissen wir jetzt, wie er die Freiburger Gruppe ausgetrickst hat.«

»Ebe nit.« Gaus versuchte einen schäbigen Rest Tabak in Brand zu stecken.

»Warum?«

»Weil er mit dem Seesack kaum schneller die Treppe runnerkommt wie die zwei annern ...«

»Als«, korrigierte Drechsler den Hessen.

»Von mir aus ›als‹ ..., also als die annern ohne Seesack, und dabei hat er noch hinter sich abgeschlossen, des Schäfche, der hat sicher was gehabt, was den Breitenbach beeindruckt hat, sonst wäre die nit so spät gekomme.«

»Eine Waffe?«

»Hat er nit, sagt er, des Herzje.«

»Aber einer unserer Leute hat doch gesehen ...«

»Laut Abel eine optische Täuschung.«

»Wichtiger als Abel ist aber im Augenblick die Freiburger Gruppe.« Drechsler deutete auf ein Aktenstück, das vor ihm auf dem Tisch lag. Er lächelte überlegen und berichtete seinem Kommissar, daß ein blauer Mercedes, auf Breitenbach zugelassen, gefunden worden war. Tür aufgebrochen, kurzgeschlossen, sonst aber durchaus funktionstüchtig. Gaus zog die Augenbrauen hoch und vergaß, in der Pfeife herumzustochern.

»Der Witz ist, daß Breitenbach seinen Wagen nicht als vermißt gemeldet hat. Die Freiburger Kollegen haben keine Diebstahlsanzeige aufgenommen.«

»Statt dessen zuckelt unser Freund mit dene annern im Döschewo nach Stuttgart, um den Abel zu fange.«

»Es kommt noch besser«, fuhr Drechsler fort und blätterte die Akte auf, um Gaus ein Foto zu zeigen.

»Der Tank war ausgebaut?«

»Ja.«

»Komisch.«

»Überhaupt nicht. Denn da war ein Unterboden eingeschweißt, den hatte man aufgebrochen.«

Der Kommissar studierte das Bild und brummte: »Bonanza, Bonanza.« Er sah zu Drechsler hinüber, der sich freute.

»Lasse Se mich rate, jetzt is der Stoff in Freiburg besonders billig auf dem Markt.«

»Nein, nicht in Freiburg, fast überall, das ist der Gag.«

»War das so viel Zeug? So groß sind die doch nit, Breitenbach und Co.«

»Nein, so groß sind die nicht, das ist richtig.« Drechsler stand auf und begann hin und her zu gehen.

Gaus, der ihn jetzt schon seit drei Jahren kannte, wußte, daß sein Chef aufgeregt war.

»Die Kollegen vom Rauschgift haben läuten gehört, daß in dieser Woche auch andere fieberhaft nach ihrer Ware suchen. Zusammen Stoff für ein paar Millionen.«

»Sauber.« Gaus kratzte sich mit dem Pfeifenstiel am Kopf.

Keine Frage, man hatte sich schon längere Zeit überlegt, auf was ihre einschlägigen Klienten denn ausweichen würden, wenn Bankraub und Entführung nicht mehr so recht klappen sollten. Das war zumindest theoretisch eine Lösung: Man klaut in einer breit angelegten Aktion den Dealern frisch importierten Stoff und verschiebt ihn sofort weiter, innerhalb des Landes und mit großzügigem Rabatt und an einen möglichst großen Abnehmer mit guter Organisation bis hinunter zur regionalen Ebene, der selbst freilich keine einschlägigen Verluste zu beklagen haben darf. Für die Käufer hat das den Vorteil, daß die Konkurrenz hart getroffen wird und daß man zugleich so günstig einkauft, daß man verbleibende Reste mit Billigpreisen für eine gewisse Zeit vom Markt drücken kann.

Gaus hatte die Schlußfolgerungen leise vor sich hin gebabbelt. Drechsler sah sich mit Stolz in seinen Gedanken bestätigt.

»Wenn man«, setzte er den Gedanken des Kommissars fort, »vorher Marktforschung betreibt, sucht man sich nur kleine und mittlere Gangs aus. Das hat wieder für unsere ›Freunde‹ sehr angenehme Seiten: Erstens entsteht kaum ein nennenswerter Fahndungsdruck durch die Polizei, und eventuell belieferte Großkunden halten zudem schützend ihre Hand über die Diebe Schrägstrich Lieferanten.«

»Bleibt die Frage, wie sie an den Stoff, zum Beispiel an den Mercedes von Breitenbach, gekommen sind.«

»Wie würden Sie's denn machen?« fragte Drechsler.

»Ich würde sagen, ich tarne mich als Junkie und observiere von unten her, angefangen vom Kleindealer, bis ich die Jungens habe, die ich suche.«

»Das versuchen die Kollegen ständig«, sagte Drechsler skeptisch.

»Richtig, aber unsere ›Freunde‹ schaffen ja bekanntlich auch andere Sachen, die die Polizei seit Jahren probiert. Plausibel ist das schon, zumal wenn man an die weniger pingeligen Methoden denkt, die die anwenden können, verglichen mit uns.«

»Und die Sache Rusinski kriegt auch zusätzlich Drive.« Drechsler kramte die Akte heraus. »Wir können annehmen, daß sich unser Freund Ruski anfänglich mit Rauschgift finanziert hat, bevor er vielleicht versucht hat, tatsächlich seriös zu werden, oder was weiß ich.«

»Genau«, Gaus nahm den Faden auf. »Und bei der Observierung der Freiburger Gruppe, zu der mutmaßlich auch Ruski zählte, durch unsere ›Schäfchen‹, fiel schließlich auch Freund Ruski auf, mit dem die eine alte Rechnung zu begleichen hatten, weil er als Belastungszeuge aus dem Weg mußte. Ein ›Volksgerichtsverfahren‹ zur eigenen Rechtfertigung und zur Erhaltung der Untergrundmacht und ihrer mystischen Rituale. In der Tat eine handfeste Theorie für den Mord an Ruski.«

»Brauchen wir Abel noch dort unten?« fragte Drechsler schließlich, der schon wieder zu seinem Porsche-Kalender hinübersah.

»Na ja, er soll halt noch schnell gucken, ob er rauskriegt, wann Ruski aus dem Hotel abgehauen und zurückgefahren ist«, schlug Gaus versöhnlich vor. »Mer weiß nit, wozu mer's vielleicht braucht.«

»Aber nur noch zwei oder drei Tage.« Drechsler war nicht neidisch, aber alles mußte in Maßen bleiben. »Richten Sie es ihm aus, wenn er wieder anruft.«

Gaus nickte und schrieb die Namen der Zielfahnder auf eine Liste, die man nun für eine »große Lage« brauchte: Um zu ermitteln, wer aus der Szene für einen Coup dieser Dimension zur Finanzierung der Terroristenbudgets in Frage kam.

Die Schatten der Appartementhäuser und Hotels am Boulevard des Anglais zogen sich schon schräg und lang bis zum Strand, als Abel nach Antibes fuhr und versuchte auf Nebenstraßen das abendliche Verkehrschaos zu umgehen. Mit erheblicher Verspätung erreichte er den Strand, an dem er Diane zurückgelassen hatte. Doch statt einer fauchenden, übernächtigten, fröstelnden Touristin mit Sonnenbrand und Cognac-Kater traf Abel eine kleine, angeheiterte Gruppe an, die sich an der Bar gegenseitig mit Whiskyrunden unterhielt. Mitten drin Diane, braungebrannt, gut aufgelegt und ziemlich blau. Sie fiel ihm so impulsiv um den Hals, daß Abel beinahe der 38er aus der Tasche gefallen wäre.

»Das ist Jean«, stellte sie ihn kichernd vor, »ein am Beginn seiner steilen Karriere befindlicher junger Jurist, den ich fördere, wo ich nur kann.«

Abel lächelte schief, und die anderen lachten lauthals. Man ist immer ein wenig deplaziert, wenn man in eine festgesoffene Runde kommt. Diane legte ihren Arm um Abels Hüfte und gab ihm ein Glas. Einer schenkte Whisky ein. Unter den spöttischen Blicken der anderen fühlte sich Abel hohläugig, müde und verschwitzt. Ein Gläschen Rosé wäre ihm lieber gewesen. Aber Abel ist nie ein Spielverderber. Daraus, daß Luc und der Holländer wieder mit von der Partie waren, schloß Abel, daß die Entente cordiale wiederhergestellt war. Er fand die beiden Männer nicht übertrieben sympathisch.

»Viele Geschäfte, hä?« fragte der laute Holländer. »Du bist aber noch blaß.« Zum Whisky trank er Heinecken. Weil Körperbräune für Abel keinen Wert an sich darstellte, antwortete er nicht und nippte am Whisky. Vom Magen her zog Wärme durch seinen Körper. Er spürte, wie Diane begann prüfend an dem 38er in Abels Tasche herumzufingern. Er drehte sich ein wenig anders, Diane rückte nach.

»Laß ihn«, sagte ein anderes Mädchen, »der sieht doch gut aus. Wir legen ihn ein paar Tage in die Sonne, dann schlägt er den guten alten Kjel um Längen.«

»Kjel wird bald siebzig, da muß man ihn nicht immer an sein Alter erinnern«, antwortete Diane liebenswürdig.

»Neununddreißig«, verbesserte der Holländer und schenkte aus der Flasche nach. Abel trank den zweiten Schnaps. Kjel beugte sich vor, um Diane etwas ins Ohr zu flüstern, dabei machte er Stielaugen, um einen Blick auf ihre Busenspitzen zu werfen, die knapp unter einem tief dekolletierten T-Shirt hervorlugten. Diane zog sich ein wenig zurück und lächelte förmlich. Abel war erleichtert, daß sie deswegen auch die Finger von dem 38er ließ.

»Luc hat es einfacher«, sagte sie. »Er ist von Natur aus schön und braun, was will man mehr.«

»Aber auch nicht mehr der Jüngste«, lachte der Holländer und stach mit dem Zeigefinger auf die Brust des Franzosen.

»Gehen wir?« fragte Abel dazwischen.

»Hast du was gefunden?«

»Ja, ganz ordentlich, glaube ich.«

Diane verteilte reihum Bisous, plauderte noch über dies und jenes, suchte Kämmchen für die Haare, frisierte, steckte, schminkte ein bißchen. Abel half beim Einsammeln von Handtüchern, Dosen, Schächtelchen und Schuhen. Dann stiegen sie ins Auto und fuhren davon.

»Fahren wir noch an der Villa von Broth vorbei?« fragte er geschäftsmäßig.

»Wie?« Diane hockte mit angezogenen Beinen auf dem Beifahrersitz und hielt den Kopf schräg in die orangerote Sonne. Alle Scheiben waren heruntergekurbelt. »Ach so, Broths Villa. Ja, da vorne rechts rein.«

Abel mußte in einen engen Weg mit dem beziehungsreichen Namen Chemin des Contrabandiers einscheren. Rechts und links war die enge Straße von hohen Mauern begrenzt, die nur hie und da von stabilen Eisentoren unterbrochen wurden. Darüber ragten nur die Pinien, Zypressen und Palmen, von denen in breiten rotgelben Fächern die Fruchtansätze herunterhingen. Häuser waren nicht zu sehen.

»Das ist hier eine bessere Gegend.«

»Mhm«, brummte Abel und versuchte an einem

heimkehrenden Zwölf-Zylinder-Jaguar vorbeizukommen, ohne sein Auto zu beschädigen.

»Links.«

Abel bog ein. Und noch mal rechts, dann wieder links. Die Mauern lichteten sich. Im Gegensatz zu den Eigentümern der Anwesen in der besseren Gegend waren die Besitzer der durchweg neueren Villen, die hier standen, eher auf äußerlich sichtbare Repräsentation aus. Die Mauern waren niedrig und oft mit Schmiedeeisen durchbrochen, so daß man Gärten und Häuser sehen konnte. Es wirkte alles etwas aufgesetzter, protziger. Nouveau riche.

»Dort vorne.«

Diane deutete auf einen flachgehaltenen, gegliederten Bau im provenzalischen Stil mit Natursteinfassade, mit Mönchen und Nonnen auf dem Dach, Barbecue und Pool. Das Gelände war weitläufig und von der Straße her leidlich einsehbar. An den hohen Steinpfosten, die das Eingangstor begrenzten, stand in geschwungener Schrift: »Vivre en paix«. Üblicherweise haben die Villen an der Küste Namen. Sie ersetzen teilweise die Hausnummern. Das hier war kein Name, es war Programm. Abel war auf den Eigentümer gespannt.

Vor ihm stand plötzlich ein knallbunter R4 mit abgeschweißtem Dach und blinkte. Abel erkannte den Mann am Steuer. Es war Stefan Broth.

»He, hallo!« rief er und winkte.

Diane hob lässig die Hand. Abel begann vorsichtig an dem R4 entlangzumanövrieren. Auf gleicher Höhe hielt der andere.

»Was macht ihr?« rief er herüber.

»Wir fahren ins Appartement.«

»Kommt doch noch auf einen Schluck mit rein.« Broth deutete auf die Einfahrt des Hauses.

Abel sah mit einem schnellen Seitenblick, daß Diane nicht begeistert war, trotzdem sagte er: «Okay.«

»Fahr rückwärts mir nach.« Broth fuhr vor und schloß das Tor auf. Diane machte ein mauliges Gesicht. Abel fuhr langsam rückwärts hinterher und parkte seinen Citroën in der Auffahrt zur Garage. Der junge Mann führte Diane und Abel ins Haus. Sie waren allein.

Erst als sie sich in bequemen Rattansesseln gegenübersaßen, erkannte Abel, daß der R4-Fahrer bei näherem Hinsehen knapp zwanzig war, doch er wirkte älter. Kaum der Typ für Diane, die auch gelangweilt an Stefan vorbeisah und Abel die träge fließende Unterhaltung überließ. Dennoch versuchte der Junge ständig das Wort an Diane zu richten. Die hörte höflich zu, deutete dazwischen aber immer wieder an, daß sie jetzt eine Dusche gebrauchen könne. Abel blieb sitzen und hörte Stefan Broth zu, und der redete seltsam eindringlich und zugleich mit monotoner Stimme über den Sinn des Lebens, Religion, Tod, Liebe, Zukunft, Entbehrung, Freundschaft. Wuchtige Themen für einen frühen Abend an der Küste, die der dürre junge Mann monologisierend in raschen Sprüngen ansprach.

»Gehört dir das alles?« fragte Abel plötzlich dazwischen.

»Nein, meinem Vater, ich studiere.« Der junge Broth sah Abel an.

»Was denn?«

»Elektrotechnik.«

»Als graduierter Ingenieur?« frage Diane und lächelte dabei.

»Nein, Diplom«, antwortete der Junge.

»Und dein Vater finanziert das alles?« Abel rieb Daumen und Zeigefinger aneinander.

»Ja.«

»Kommt auch aus dem Fach?«

»Nein, er hat eine Klinik, Geburtshilfe. Vater hat da neue Methoden entwickelt, schmerzlose Geburt und so...«

»Läuft gut?« Abel drehte sich musternd um. »Und warum steigst du da später nicht ein? Haufen Arbeit sicher?«

»Die Noten reichen nicht für Medizin«, sagte der Junge und lächelte verlegen. Nach einer Pause fragte er Diane, ob sie schon gegessen habe.

Sie schüttelte den Kopf. »Komm, laß uns endlich fahren«, sagte sie zu Abel, ohne Stefan Broth anzusehen. »Ich muß mir noch die Haare waschen.«

Sie verließen das Haus. Abel hatte den alten Broth nicht zu Gesicht bekommen. Sie fuhren in das kleine Appartement. Während Diane umständlich ihren Koffer ausräumte und vier Fünftel des Schrankes mit ihren Sachen belegte, lag Abel regungslos bäuchlings auf dem Bett, die Arme ausgestreckt, und blinzelte hinaus in die warme Dämmerung, die über den Himmel zog. Die Luft stand. In den Zypressen lärmten die Zikaden. Weit weg hupte ein Auto. Unten in der Straße die undeutliche Ansage in französischer Sprache im Fernsehen.

Abel merkte, wie die Müdigkeit sich in ihm ausbreitete und die Eindrücke um ihn her zerschmolzen. Diane redete ein paar Sätze. Ein Stück Seife fiel herunter. Sein Rücken brannte wohlig. Äußerliche Kälte wurde von innen aufgesogen. Der Whisky wirkte. Das Geräusch des fließenden Wassers zog das Bild vom Meer aus seinen Gedanken hervor, glitzernd und flimmernd, Boote und Schiffe, Wellenklatschen, Schwimmen, Tauchen, das Gefühl, in klarem Türkiswasser zu schweben. Wieder fiel die Seife herunter.

Diane kam, weich und noch feucht mit einem kleinen

Duft nach Kräutern und Holz. Braun bis auf ein blankes kleines weißes Dreieck über dem Hinterteil. Mit nassen, verstrubbelten Haaren lag sie plötzlich neben Abel, der mit dem Kopf herumfuhr, weil er gerade wieder aus seinem Meer aufgetaucht war. Sie hielt ihm einen Flacon mit einer Emulsion hin.

»Reibst du mich ein?« fragte sie.

Abel fuhr hoch, schüttelte den Kopf, um zu sich zu kommen, und nahm die Flasche. Umständlich schraubte er den Verschluß auf und ließ eine lange Bahn weißer Creme auf ihren braunen Rücken rinnen. Diane protestierte leise gegen die Behandlung. Gänsehaut breitete sich aus. Abel stützte sich mit dem Ellbogen auf und begann behutsam zu verteilen und, weil die Creme an der Oberfläche blieb, zu massieren. Der Duft wurde stärker. Abel spürte die Haut und die Feuchtigkeit. Sie drehte sich unter seinen Händen auf den Rükken und streckte sich, hatte die Augen geschlossen. Seine Finger glitten leicht über ihre Brüste. Als er sie zu küssen begann, fielen ihm seine Cremehände ein. Verstohlen wischte er sie in die Oberdecke. Diane lag ruhig da, sie gab keinen Laut von sich.

»Ich geh schnell duschen«, sagte Abel heiser.

»Später.«

Samstag, 15. August

»Straßenbahnfahren ist aufregender«, sagte Abel am nächsten Morgen beim Rasieren zu Diane, die noch zusammengerollt wie eine Katze im Bett lag und mit offenen Augen in den Himmel vor dem Fenster sah.

»Ich weiß es«, sagte sie leise, ohne den Blick zu wenden. »Ich bin nie sehr aufgeregt dabei.«

Abel schnarrte weiter mit seinem Rasierapparat auf der linken Backe herum, wo er einen borstigen Wirbel hatte.

»Es hat mir aber noch nie einer so direkt gesagt.« Sie starrte weiter hinaus in den Himmel, wo mit schrillen Schreien die Schwalben nach Insekten jagten. »Jeder hat eben irgendwo seine Macke.«

»Ja«, sagte Abel und rieb sich das brennende Rasierwasser in die Haut. »Ich hab's mir nur anders vorgestellt mit dir, und manchmal meint man ja, es liegt an einem selbst.«

Diane stand auf und lächelte wieder perfekt. Sorgfältig suchte sie Hose und T-Shirt aus, die sie mit ins Bad nahm. »Ich werde bei Broth nicht sagen, daß du wegen Ruski gekommen bist.«

Abels Wangen brannten vom Rasieren, aber gelegentlich mußte das auch mal sein, sonst wuchs er zu. Und eigentlich konnte er Vollbärte – jedenfalls richtige – nicht leiden.

Er freute sich auf den Tag. Quinze Aout, 15. August, der heiligste Feiertag der Franzosen.

»Spektakulär, spektakulär«, brummte Min'rat Krüger und drückte zwei Zigaretten aus. Die eine, die im Aschenbecher vor sich hin gekokelt hatte und die andere, die er gerade aus dem Mund genommen hatte.

Drechslers »große Lage« und die neuen Erkenntnisse hatten sogleich das entsprechende Echo gefunden. Der Ministerialrat Krüger – im Jargon »Min'rat« oder »Materialrat« – war eine Viertelstunde nach Beginn leise eingetreten und hatte während der Diskussion seiner Beamten im Hintergrund auf einem Stuhl gesessen, unablässig rauchend, ohne ein Wort zu sagen. Krüger war im Innenministerium, Vertreter seines Amtschefs in der Innenministerkonferenz, Koordinator und Verbindungsmann zu Herolds BKA. Ein introvertierter, sehniger Norddeutscher, Junggeselle ohne Privatleben, CDU-Mitglied mit parteipolitischen Ambitionen, EDV-Fachmann und Jurist mit glänzenden Examina und, trotz seiner knapp fünfundvierzig Jahre, ein Mann mit großer Erfahrung. Sein Kriegspfad war der Schleichpfad; er war gefürchtet unter den Kollegen. Daher konnte Drechsler sich auch nicht reinen Herzens freuen, als Krüger »spektakulär« sagte.

Alles schwieg.

»Das wäre ein großer Schritt nach vorn, wenn wir dem politischen Terrorismus die Beteiligung am Rauschgiftgeschäft nachweisen könnten«, fuhr der Min'rat nachdenklich fort. »Man denke, welch ein Abstieg. Dieser verdammte moralisch-politische Anspruch und sich dann dreckige Hände am Rauschgift machen ...«

»Verheerende Wirkung bei der Sympathisantenszene«, stellte Drechsler fest. »Da ist ja nichts verpönt, Sponties, Schwule, Lesben, Säufer, Spinner, alles darf man sein – nur an der Nadel darf man nicht hängen.« Er grinste breit in seinen schwarzen Knebelbart.

»Eben«, sagte Krüger und zündete sich eine Zigarette an. Tiefer Lungenzug. »So schlau werden die Jungs auch sein. Das Risiko geht man nicht ein.« Paff, wie eine Seifenblase platzte die schöne Theorie.

Drechsler verteidigte seine Hypothese. »Wenn man davon ausgeht, daß wir nur schwer Kenntnis von den Diebstählen bekommen ... Und wie der Fall Freiburg zeigt, sind die Geschädigten ja nicht sehr anzeigefreudig.«

»Was sagen die Zielfahnder, Gaus?« fragte Krüger.

»Geldmangel herrscht schon. Sie haben schon lange keine Bank mehr überfallen.«

»Auch wieder wahr«, sagte der Min'rat. Er sah in

die Runde. »Aber vergessen Sie bitte nicht, daß es auch denkbar ist, daß diese Breitenbach-Gruppe ein gutes Motiv und auch die Gelegenheit für die Tötung des Rusinski hatte, falls dieser mit im Rauschgiftgeschäft war.« Mit einer kurzen Geste verlangte er von seinem Nachbarn eine neue Zigarette, sein Päckchen lag zerknüllt vor ihm. »Immerhin«, er zog schon wieder den Rauch tief ein, »hat Ruski doch Freiburg verdeckt verlassen. Das machte er nicht ohne triftigen Grund. Fest steht außerdem, daß man bei der Gruppe vom Tod des Rusinski gewußt hatte und daß man dort im Besitz eines blauen Mercedes gewesen ist, ein Fahrzeug, wie es von einem, na ja, einigermaßen sachkundigen Zeugen, dem Bauern Rist, in der Nähe des Tatorts gesehen worden sei.«

Minuziöse Kenntnis der Akten war eine von Krügers Stärken. Alle schwiegen. In Drechsler keimte Wut auf. Klugscheißer, dachte er. Am liebsten hätte er die Brocken hingeschmissen, so wie alles stand und lag, und sich zur Justiz versetzen lassen, die verlockende Theorie, daß die Terroristen die Dealer ausplündern, hatte ihn schon zu innerlichen Höhenflügen ansetzen lassen.

Gaus pochte gedankenverloren mit seiner Pfeife auf den Tisch, damit sich der Tabak setzte. »Soweit warn mer auch«, sagte er gelassen, ohne aufzusehen. »Eins is so gut denkbar wie des anner.«

»Richtig, Gaus.« Krüger erhob sich. »Ich möchte nur nicht, daß eine These zugunsten der anderen, ebenso plausiblen, vernachlässigt wird.«

Drechsler nahm sich vor, seinem Kommissar bei Gelegenheit ein Päckchen Tabak zu schenken.

Im Hinausgehen sagte der Ministerialrat zu einem Beamten von der Rauschgiftfahndung: »Hopsnehmen ist vorerst nicht, Drechsler hat recht.« Und zum Oberkriminalrat: »Im Auge behalten«, dann schloß er die Tür leise hinter sich.

Breitenbach und seine Freunde hatten unterdessen die halbherzig fortgesetzte Bewachung der Abelschen Wohnung aufgegeben. Ihnen war klar, daß Abel so schnell nicht wieder zurückkommen würde. Der Rote und Breitenbach verstrickten sich in Vorwürfe und Beleidigungen, konnten sich nur mühsam zusammenraufen und ließen sich total übernächtigt und mit einer grimmigen Wut im Bauch von ihrem Kumpel Stutz nach Freiburg zurückchauffieren, der am Steuer seines 2 CV beinahe einschlief und den Tag verfluchte, an dem er zum erstenmal den Roten und Breitenbach gesehen hatte.

Kaum in Freiburg angekommen, hörten sie die Nachricht vom neuen, billigen Stoff auf dem Markt. Da kam Freude auf. Der Rote schlug Breitenbach ein blaues Auge und Stutz stieg aus und brach in der folgenden Nacht seine Kontakte zu seinen Geschäftspartnern vollständig ab. Die saßen grübelnd, mit Songs von Cohen und Cat Stevens auf dem Plattenteller, auf den Matratzen in Breitenbachs Wohnung und sinnierten über einen Ausweg nach.

Ein grauer Nichtsommertag mit Nebel und Autogestank zog herauf, als der Rote sagte, daß man den Knoten endlich durchhauen müsse. Eine halbe Million Schaden insgesamt, so leicht lasse er da nicht locker. Er stand am Fenster.

»Wie denn, Witzbold?«

»Ruski, das war eine Sache«, der Rote malte eine römische I auf die schmutzige Scheibe, »und dieser Abel ist eine ganz andere.« Er machte eine römische II.

»Weiß der Henker, woher dieser Typ erfahren hat, daß Ruski hinüber ist.«

»In der Zeitung stand's jedenfalls nicht.«

»Egal, der hat ja auch andere Sachen gewußt. Dem seine Leute haben halt ihre Ohren überall. Gehen wir mal davon aus.«

»Was soll's?« fragte Breitenbach ungeduldig.

»Fragen wir uns doch, wie die auf uns kommen, so direkt auf uns?«

»Über Ruski, weil ich hier wohne.«

»Nein, eben nicht, das wollten wir doch für 'nen Augenblick weglassen.« Der Rote schlug sich mit der flachen Hand auf die Stirn. »Er muß doch nur den kleinen Händlern nachgehen. Warum nicht einen Junkiedealer für drei Tage aus dem Verkehr ziehen, ohne Stoff und dann ein bißchen mit der Spritze winken, bevor man fragt, woher der Stoff kommt, hä, was meinste, wie das funktioniert? Die Bullen dürfen das nicht – aber die Konkurrenz ...«

»Und so weiter ...« und so weiter ...« Breitenbach schneuzte sich. »Der Weg ist nicht weit.«

»Genau. Und wir machen es genauso mit den Leuten, die den billigen Stoff anbieten, klar?«

»Klar!« Breitenbachs Stimmung besserte sich zusehends.

Abel fuhr mit einem angenehmen Gefühl nach einem ausführlichen Frühstück mit Diane beim Hôtel du Cap vor. Heute hatte er sozusagen staatliche Autorität im Rücken, und das wog fast so viel wie Geld.

»Complet«, sagte der Türsteher in brauner Livree und machte keine Anstalten, den Schlag zu öffnen.

Abel lächelte verbindlich, zog ein vorbereitetes Fünf-Franc-Stück aus der Tasche, steckte es dem Mann zu, als er ausstieg, ließ seinen verbeulten, rostangefressenen Citroën mitten auf der feinen Auffahrt des Hotels stehen und schritt zum Eingang.

»Monsieur wünschen?« fragte der Concierge und ließ sich nichts anmerken, weil er schon zwanzig Jahre Amerikaner, Deutsche und Holländer von jungem Geld bediente, die schon lange die schöne Sitte, nur im weißen Anzug im Hotel zu wandeln, abgeschafft hatten. Jeans und Polohemd gehörten inzwischen auch in dieser Herberge zum Alltag. Auch an einem hohen Feiertag.

»Jean Abel, Police allemande«, sagte Abel laut und deutlich und beobachtete in dem blankgeputzten Spiegel hinter dem Concierge, wie zwei Gäste in der Hotelhalle leicht zusammenzuckten.

Der Concierge sah ihn prompt mit verschwörerischer Miene an und beeilte sich, Abel in einen Seitengang zu komplimentieren. Abel schlenderte hinterher. Der Concierge klopfte an eine Tür mit dem Schild »Privée«, öffnete, als jemand »Entrez!« rief und verschwand sofort wieder, um die beiden Gäste nach ihren Wünschen zu fragen. Abel betrat ein großes Zimmer mit hoher Decke, die Wände und die Einrichtung in blassem Gelb und zartem Ocker. An einem Louis-seize-Schreibtisch saß ein glatzköpfiger Mann mit Nickelbrille, der sofort aufstand und Abel begrüßte.

»Czimanke«, sagte er mit unverkennbar Berliner Tonfall und führte Abel zu einem Sessel, wo er eine prächtige Aussicht über Tennisplätze und eine Allee zum Meer hatte.

»Was kann ich für Sie tun? Man hat sie ja schon telefonisch angemeldet. Tee, Kaffee, ein Schnäpschen oder sonst etwas?«

»Danke, Sie sind der Geschäftsführer?«

»Ja, richtig. Das Haus ist in deutschen Besitz übergegangen.«

»Wie erfreulich.« Abel war ein wenig irritiert wegen des überfreundlichen Empfangs. »Ich brauche nur eine kleine Auskunft über einen Ihrer früheren Gäste.«

»Ja, gerne.«

»Es handelt sich um einen gewissen Rusinski.«

Abel gab die Daten an und Czimanke ging zur Gegensprechanlage, um sich die Gästeliste bringen zu lassen. Es entstand eine kurze, verlegene Pause. Czimanke hätte nur zu gerne gewußt, was mit diesem Rusinski los war, doch Abel machte nicht die geringsten Anstalten, ein Wort darüber zu verlieren. Ein Angestellter trat ein und brachte Computerbögen, die er mit einem schrägen Blick auf Abel verdeckt vor seinen Chef legte. Der suchte mit der Kulispitze die Kolonnen mit den Namen durch.

»Nein, da ist kein Rusinski.« Er sah auf. »Sind Sie wirklich sicher, daß dieser Mann bei uns ...?«

»Ja, ganz sicher«, sagte Abel fest. »Prüfen Sie in jedem Fall genau die Pässe?«

»Selbstverständlich. Wir lassen uns jedesmal den Paß des ankommenden Gastes aushändigen und fertigen selbst die Eintragung an. Der Gast unterschreibt dann nur noch.«

»Aha.« Abel grübelte einen Augenblick, dann fiel im der Name wieder ein: »Beck, können Sie noch einmal nach einem Beck suchen, Kurt Beck aus Freiburg?«

Wieder fuhr Czimanke mit dem Bleistift die Kolonnen herunter.

»Ja, Beck, hier ist ein Beck.«

»Wann ist er ausgezogen?«

»Am 2. August.«

»Eine Frage noch, wenn jemand Post nachgeschickt haben will, wo kann er dann seine Adresse hinterlassen?«

»Gewöhnlich beim Empfang.«

»Und ungewöhnlich?«

»Unmittelbar bei der Postabfertigung.«

»Könnten Sie so freundlich sein und für mich ...«

Czimanke drückte schon den Knopf der Sprechanlage und fragte in fließendem Französisch nach eventuellen Vermerken für Monsieur Beck.

»Un moment«, quäkte eine Stimme. Es knackte. Nach einigen Augenblicken: »Rien - nichts.«

Czimanke bat, bei der Postabfertigung nachzufragen. Wieder eine Pause, Abel und der Geschäftsführer warteten schweigend. Wieder das Signal und die Stimme: »Nein, nicht für Beck, aber für einen Monsieur Beck-Rusinski«. Abel wollte etwas fragen, beugte sich vor, doch Czimanke winkte ab und rückte den Sprechknopf: »Doppelname oder heißt das Beck oder Rusinski.«

»Un moment.« Pause. »Beck oder Rusinski, Sie haben recht.«

»Adresse?«

»Cannes, Appartements Roi du soleil, 3me Étage, Appartement No. 377.«

»Merci.«

Abel nickte: »Merci.« Er notierte die Nummer und die Anschrift mit einem seiner Bleistiftstummel in sein kleines Notizbuch.

»War das alles?« fragte der Geschäftsführer und nahm die Brille ab.

»Ja.«

»Darf ich Ihnen vielleicht doch noch ...«

»Nein, danke.«

»Verzeihen Sie, ich bin neugierig, ich weiß, aber darf man erfahren«, Czimanke erhob sich, um Abel zur Tür zu begleiten, »darf man wissen, worum es sich dreht?«

Abel drehte sich halb herum und grinste. »Mord.«

»Und dieser Beck oder Rusinski ist der Täter – nein! Und vorher noch Gast unseres Hauses ...« Man sah, wie sehr der Geschäftsführer unter diesem Gedanken litt.

Es ging gut voran bei Breitenbach und dem Roten. Ein Kleindealer, selbst süchtig, der bis vor kurzem gelegentlich auch bei Breitenbach bezogen hatte, lief den beiden schon drei Stunden später am hellichten Tag über den Weg. Er betrachtete sie mit der dumpfen, abgeklärten Ruhe des Junkies, der gerade seinen Morgenschuß drin hat und in dessen Hosentasche die zwei, drei weiteren Briefchen für die nächsten Tage stecken.

»Macht ihr jetzt auch Sonderangebote?« fragte er gelassen.

»Klar.«

»Wieviel denn?«

»Billiger als die anderen jedenfalls«, log Breitenbach und sah auf seine Schuhspitzen.

»Billiger als Kobold war noch keiner«, behauptete der Junkie von oben herab und ließ die beiden stehen.

»Kobold!?« Der Rote pfiff durch die Zähe. »Wer hätte das gedacht.«

Breitenbach nickte und ging schnurstracks los, einen Zwischenhändler aufzusuchen. Diesmal war es ausnahmsweise der Rote, der unterwegs noch zur Besonnenheit riet und vorschlug, man sollte erst erkunden, was mit Kobold los sei, bevor man etwas unternehme.

»Hast recht«, gab Breitenbach zu und ging langsamer.

Samstag, ausnahmsweise draußen ein Tag wie gemalt, nachdem die Wolken verflogen waren, Dienst und knapp eine Woche vor dem Urlaub, Drechsler rotierte.

»Warum meldet sich dieser Querschädel nicht, weiß der Himmel, was dem alles passieren kann!« schrie er Gaus an, als ob dieser etwas dafür konnte, daß Abel immer noch nicht mitgeteilt hatte, wo und wie er zu erreichen war. Gaus nahm den Wutanfall gelassen hin.

»De Dolle und de Kinner passiert nix«, sagte er friedfertig.

»Ich muß den Typ kriegen!« schrie Drechsler unbeeindruckt und man merkte, daß es weniger die allgemeine Schutzpflicht des Dienstherrn war, die Drechsler so aus dem Häuschen brachte als die Sensation, die es jetzt vor Ort schnell dichtzumachen galt. »Da hat man zufällig einen Mann dort unten und der meldet sich nicht«, seufzend ließ er sich auf einen Besucherstuhl fallen.

»Noch wisse mer nix Genaues«, sagte Gaus.

»Das ist es ja, Sie wissen doch selbst, wie die Franzosen arbeiten.«

»Na, so schlimm isses auch widder nit.«

Die Sensation ist kurz geschildert: Am Samstagmorgen, zu der Zeit, als Abel sein Appartement verließ, um zum Hotel zu fahren, als Breitenbach und der Rote den Junkie trafen – es war ziemlich genau halb elf französischer Sommerzeit –, hatten drei Banditen in dem Flur eines großen Appartementblocks in Cannes einen Mann mit Faustfeuerwaffen erschossen und den Hausmeister, der zufällig Zeuge war, leicht verletzt. Die Täter waren mit einem großen Rover geflohen, der kurz darauf in einem Vorort sichergestellt werden konnte.

Dies wäre alles nicht der Rede wert gewesen, wenn es sich um eine der vielen - zu dieser Zeit fast schon üblichen – Auseinandersetzungen zwischen Korsen und Exilpersern um Spielbanklizenzen oder Thaibordelle gehandelt hätte. Doch das Opfer war ein hoher Beamter der israelischen Botschaft in Paris gewesen. Nach der sofort erhobenen Aussage des Hausmeisters hatte es sich bei den Tätern um zwei Araber und einen Deutschen gehandelt.

Auf die Frage, warum er das so genau wisse, gab der Mann zu Protokoll, daß er die Araber aus Algerien nur zu gut kenne und die Boches aus der Zeit seiner Zwangsarbeitsverpflichtung im Krieg in Winsen an der Luhe. Aus den ihm vorgelegten Interpolfotos zog er das Konterfei eines deutschen Top-Terroristen heraus und behauptete steif und fest, dieser Mann habe dem Kommando am Morgen angehört. Über Telex war diese Blitzmeldung innerhalb von zwei weiteren Stunden in Deutschland bei den Terrorfahndern.

»Das BKA bemüht sich darum, daß wir unsere Leute als Hilfe für die Franzosen runterschicken können«, sagte Gaus, »aber das dauert ..., dieser verdammte Abel.«

»Zum Teufel mit der Misttheorie von Krüger«, sagte Drechsler gallig. »Das waren nicht die Rauschgift-Edes aus Freiburg, nein, das ist und bleibt der zweite Fall Schmücker. Und zwar weil unser Ruski die Sache mit der plötzlichen Marktöffnung bei Heroin schneller durchschaut hat als andere. Insider! Dann wird er versucht haben, an dem Riesendeal zu partizipieren. Bong, dafür gibt's Volksgericht.«

Gaus saß brummelnd auf seinem Stuhl und rührte sich nicht. »Die legen doch den Ruski nicht in Cannes oder sonst wo da unten um, und fahren ihn dann über weiß ich wie viele Grenzen, um ihn vor den Toren unserer geliebten Landeshauptstadt abzukippen.«

»Ruski läuft denen dort über den Weg, haut ab und kriegt hier in Stuttgart eine verpaßt ..., oder weiß ich was ...«, fauchte Drechsler. »Das alte Lied, in diesem Stadium bloß keine Details.«

»Richtig«, sagte Gaus leise, »Details verwirren nur die Richter.«

Drechsler unterbrach seinen Rundlauf. »Was ist denn das für ein Spruch?«

»Nicht von mir.« Gaus zuckte die Achseln. »Von Krüger, und der will ja mal Generalbundesanwalt werden.«

Abel bekam von der Sensation nichts mit, weil er neben Diane friedlich im Schatten eines Sonnenschirms am Strand lag, Gott und seinen Dienstherrn einen guten Mann sein ließ und sich auf den Abend, das Festtagsfeuerwerk und ein Festtagsmenü freute. Dianes Hand ruhte freundschaftlich auf seiner Brust. Sie lag auf der Seite und studierte Abels Porträt und fragte sich, ob es besser wäre, den Männern einfach nur einen Orgasmus vorzuspielen. Sie befürchtete aber, daß die wenigen Männer, mit denen sie in Wirklichkeit ins Bett ging, das durchschauen würden. Dabei fühlte sie sich nicht schlecht in den Armen eines Mannes, den sie mochte. Bloß daß sie nicht in Ekstase geriet, wie alle anderen scheinbar, na ja ...

Abel hatte sich schon einmal voreilig mit eigenen Ergebnissen in Stuttgart gemeldet ... Der Mensch lernt aus seinen Fehlern. Nachmittags wollte er zu Simone Pellegrini – dienstlich wegen der Besichtigung des Appartements No. 377 in Cannes. Der Hausmeister hatte es am Telefon selbstverständlich abgelehnt, ihm, Abel, die Tür zu der Wohnung zu öffnen. Man wird sehen, dachte Abel und ließ die Zeit streichen.

Broth junior tauchte auf und kniete am Fußende der Liege von Diane und versuchte sie in ein Gespräch zu verwickeln. Das Mädchen antwortete einsilbig und blinzelte in die Sonne.

Abel hörte mit einem Ohr zu. Plötzlich sagte er: »Warum hast du ein Pflaster in der Armbeuge. Spritze?«

Broth sah herüber. »Ja, Insulin«, sagte er, »ich bin Diabetiker.«

»So, so«, Abel schaute hinaus auf das glitzernde Meer, »Insulin, intravenös und nicht subkutan?« Und nach einer Pause: »Ich würde gerne einmal deinen Vater kennenlernen, ist er da?«

»Ja?« Der Junge lächelte gleichmütig. »Warum?«

»Geschäftlich.«

»Später vielleicht. So um vier.«

»Um vier, vier ist gut«, brummte Abel und drehte sich auf die Seite, um nach dem Gläschen Rosé zu greifen, das er sich feiertagshalber gestattet hatte.

»Kommst du mit um vier?« fragte der Junge Diane. Er nagte an dem Knöchel seines Zeigefingers.

Das Mädchen rekelte sich. »Ich glaube nicht, ich verstehe nichts von diesen Geschäften.« Sie nahm Abel das Glas aus der Hand und nippte ebenfalls. Der Eiswürfel, den man hier gerne in den Rosé gibt, klikkerte leise.

Müller flankt, eine Traumflanke, Volkert, vorbei an einem, zwei Abwehrspielern, Doppelpaß, wieder Volkert, nein, doch – Tooor, Tooor. Heulende Zuschauerkulisse. Samstagnachmittag, Bundesliga im Radio.

»Mach's aus.« Breitenbach saß brummig auf dem Beifahrersitz eines klapprigen VW, den sich die beiden von einem Freund geliehen hatten. Der Rote rührte sich nicht. Im Radio wurde ins Parkstadion umgeschaltet.

»Mach aus, er kommt.« Breitenbach sprach, ohne den Mund zu bewegen. Der Mann, der in der Szene Kobold hieß, war ein kleiner, drahtiger Kerl, Ende Zwanzig, Snob aus der Unterschicht mit fransigem blondem Oberlippenbärtchen, spitzen italienischen Schuhen, Humphrey-Bogart-Trench, Zigarillo. Der Blick glitt lässig prüfend über die gegenüberliegende Häuserreihe, als er vor seiner Haustür stand. Dann gab er sich einen Ruck und schritt gemessen die Straße hinunter, direkt auf Breitenbach und den Roten zu, die verkrampft im Auto saßen.

»Wart ab, du Wichser«, knurrte der Rote und öffnete langsam die Tür. Statt zu warten, bis Kobold vorbei war, stiegen die beiden aus, als er knapp fünf Meter vor ihnen stand. Ein Blick, und Kobold warf den Zigarillo fort, drehte sich um und rannte, als sei der Teufel hinter ihm her. Der Rote und Breitenbach ließen die Türen des VW offen und rasten hinterher.

Da sich alle Beteiligten nicht in der besten Kondition befanden, endete der Wettlauf unter Seitenstechen und bedrohlicher Atemnot nur deshalb zugunsten der Freiburger Gruppe, weil der Rote dem Verfolgten am Eingang einer Ladenpassage den Weg abschneiden konnte und Breitenbach den hinteren Ausgang sicherte. Alle waren zu erschöpft für eine Schlägerei, Breitenbach, von hinten kommend, packte den Verfolgten an seinem Ärmel und sagte japsend:

»Wir haben mit dir zu reden.«

Daraufhin machte Kobold noch einen Ausreißversuch, stolperte aber über das Bein des Roten, schlug sich den Kopf an einer Schaufensterscheibe und folgte dann wortlos seinen Verfolgern.

Diane war doch mitgekommen, weil sie es leid war, dem Holländer und seinen Freunden beim Backgammon zuzusehen, und Luc war mit dem Windsurfer draußen.

Broth senior schien schon von seinem Sohn telefonisch über den ins Haus stehenden Besuch unterrichtet worden zu sein. Er stand in der Wohnhalle des Hauses. Mit seinem karierten Jackett, Seidenschal um den Hals, eine Hand in der Tasche wirkte er dennoch nicht wie ein alternder Playboy, sondern eher grobschlächtig.

Breitschultrig, große Hände, mächtige Stirn, volle schwarze Haare, graue Schläfen, dunkle Augen unter den dichten Brauen.

»Broth«, sagte der Mann und lächelte. »Kommen Sie rein.«

»Abel. Und das ist Frau Schober.« Abel folgte in die Wohnhalle.

»Wir haben uns schon gesehen, Diane, nicht wahr?« Kleines Lächeln.

»Whisky?«

Diane nickte und zeigte ein perfektes Strahlelächeln. Er brachte ein Glas mit daumenbreit eingeschenktem zwölfjährigem Whisky. Abel trank Saft, nicht um fit zu bleiben – nicht immer Whisky.

»Sie wollten mit mir sprechen?« fragte Broth steif.

Sein Sohn saß weiter entfernt in einem Sessel und betrachtete fingerknetend Diane.

»Nein.«

Pause. Broth war verwirrt. »Bitte?«

»Ich wollte Sie kennenlernen.«

»Aha?« Kurzes Lachen. »Ja dann wollen wir mal.« Broth senior hob sein Glas. Sie prosteten einander zu und tranken.

»Mein Sohn sagte, es sei geschäftlich.«

»Ja, geschäftlich.«

»Und worum geht es?«

»Beck, Kurt Beck, Kurt Rusinski, Sie kennen ihn.«

Broths Kiefermuskeln traten deutlich hervor. Dann sagte er: »Ja.«

»Okay.« Abel hob sein Glas. »Rusinski ist tot.«

Kaum Wirkung bei Broth. Er preßte die Zähne zusammen und sah Abel ins Gesicht.

»Ach ja? Bedauerlich. Woran ist er gestorben?«

»Plötzlich, ziemlich plötzlich«, murmelte Abel, ohne näher auf die Frage einzugehen.

»Und wie kann ich Ihnen helfen?«

»Ich bin so eine Art Partner von Rusinski«, sagte Abel und schwenkte den Fruchtsaft in seinem Glas.

Broth senior kippte seinen Schnaps hinunter. Treffer, notierte Abel innerlich. Sein Sohn starrte Diane an. Das Gespräch war ihm gleichgültig. Die Finger arbeiteten rhythmisch.

»Und jetzt wollen Sie mit mir ins Geschäft kommen?«

»Ja, so etwa.«

»Kennen Sie sich aus?« fragte Broth vage.

»Ja.«

»Das kann jeder sagen.«

»Wir werden schon eine Basis für die Zusammenarbeit finden, meine ich.«

Abel stellte das Glas zurück auf den kleinen Tisch und stand auf. Er lächelte freundlich und ließ Broth nicht aus den Augen.

»Wenn Sie meinen.« Broths Gesicht war ernst. »Aber ich muß jetzt gehen. Sie wissen, heute, am 15. August, muß man früh wegfahren, wenn man rechtzeitig ankommen will.« Er sah immer noch zu Abel hinüber.

»Gehen wir«, sagte Abel. Allgemeiner Aufbruch.

»Willst du nicht bleiben?« fragte der junge Broth mit bettelnder Stimme und hielt Diane am Arm fest. »Ich brauche dich.«

»Nein«, sagte sie höflich lächelnd.

Der Junge ließ ihren Arm los, weil ihn sein Vater ansah. Er zuckte die Achseln. Broth klopfte seinem Sohn beim Hinausgehen auf die Schulter.

Draußen im Wagen sagte Diane zu Abel: »Komische Geschäfte müssen das sein, eure Module und Patente. Warum reagiert der so? Und warum redet denn keiner Klartext?«

»Eine gute Frage.« Abel startete den Motor.

Wind war aufgekommen. Kleine weiße Wellen schwappten den Strand hinauf und graue Wolkenballen zogen schräg über den Himmel. Unter den länger werdenden Schatten wurde es kühler, als die beiden an dem Strand zurückkehrten. Diane gesellte sich zu den anderen, die um einen flachen Tisch herumsaßen und Karten spielten.

Abel ging mit einem flüchtigen Gruß vorbei zu seinem Platz. Dort zog er sich aus und lief hinunter ans Ufer. Klatschend warf er sich in die Wellen. Das Wasser war angenehm warm an diesem Abend. Der Wind strich kalt über seinen Kopf. Abel schwamm in langen Zügen hinaus in die Bucht. In dem wiegenden Rhythmus der Wellen kehrte die Ruhe wieder in seinen Körper zurück. Draußen zog ein schnelles Motorboot seine Schleifen.

Die Dealer, die Terroristen oder die sogenannten Geschäftsfreunde, dachte er und drehte sich auf den Rücken, um den »toten Mann« zu versuchen, wer weiß, ob es jemals rauskommt, wer Rusinski erschossen hat. Das Wasser fühlte sich lebendig an in seiner abendlichen Dunkelheit. Abel beschloß, daß es ihm eigentlich total egal sein müsse, wer für Ruskis Tod verantwortlich war. Er hatte seine Dienstreise, genoß sie, und dafür würde er faire Beamtenarbeit abliefern – nicht weniger und nicht mehr. Das Sirren des Bootsmotors war jetzt deutlich zu vernehmen. Abel drehte sich träge auf den Bauch. Die Yacht, weiß mit schnittigen Aufbauten und einem goldenen Namenszug am Bug, schoß schräg herüber.

Abel dachte noch, was für ein schönes Schiff, da fiel ihm ein, daß ein Menschenkopf auf dem Meer weniger ist als eine Stecknadel auf dem Teppich, kaum zu sehen, zumal in der Dämmerung.

Wassertretend richtete er sich auf. Sein Kopf wippte

in den blaugrünen Wellen. Die Yacht brauste mit breitem Gischtschnauzer vor dem scharfen Bug heran. Jetzt hätte man ihn im Wasser erkennen müssen, so wie er den Kopf des Bootsführers sah, keine Gesichtszüge, aber die Umrisse. Immerhin.

Das Boot flog weiter durch die Dünung, mit dem Rumpf hart in die Wellen krachend, ohne den Kurs zu korrigieren, gerade auf Abel zu. Er schrie noch »Halt, Achtung!« und »Stopp!«, doch wer hört das? Dann sah er, wie die Wände des Schiffs immer steiler hochwuchsen.

Mit einem halben Salto drehte er sich, Kopf nach unten und tauchte ab. Da war die weiße Yacht mit schneidendem Pfeifen ihrer Motoren über ihn weggezogen. Wirbel und Strudel drückten ihn erst tief nach unten in die See, dann rissen sie ihn wieder an die Oberfläche. In der Gischt der frischen Schaumspur drehte und wirbelte es ihn auf und ab. Er riß den Mund auf: Luft! Abel verschluckte sich am Salzwasser, hustete und spuckte. Im Wasser strampelnd sah er, wie das Boot sich geschmeidig auf die Seite legte und eine lange Kurve fuhr. Abel begann zu kraulen. Erst jetzt merkte er, wie weit er vom Ufer entfernt war. Das Pfeifen der Schiffsschrauben kam wieder näher. Er richtete sich auf und atmete tief.

Klar, hier wollte jemand einen Badeunfall verursachen. Bedauerlich, aber in der Dämmerung sieht man einen Schwimmer schlecht. Und wenn der Mann außerhalb der durch gelbe Bojen geschützten Zone schwimmt …

Abel mußte diesmal besser auf den Angriff vorbereitet sein. Regelmäßig atmen, ruhig bleiben und erst kurz vorher tauchen. Das war seine einzige Chance. Abel wartete. Aber dann zog die Yacht fast hundert Meter seewärts an ihm vorbei und verschwand hinter einer

Klippe mit Kurs auf die ersten Lichter des abendlichen Antibes.

Erst als das Sirren der Schrauben und das Brummen der Motoren verklungen war, schwamm Abel, vom Schreck noch verkrampft, zurück zum Ufer. Das Salz brannte jetzt in seinem Mund. Als er aus dem Wasser gestiegen und abgetrocknet war, hatte er seine Fassung wiedergewonnen.

»Hast du die Yacht gesehen, eben?« fragte er Diane, die gerade in ihrer Strandtasche nach Zigaretten kramte.

»Welche Yacht?«

»Die mich eben fast übergemangelt hat draußen in der Bucht.«

»Nein, mir ist nichts aufgefallen.« Diane kniete im Sand und hielt die Hand zum Trichter geformt, um sich bei dem Wind eine Zigarette anzuzünden. »Warum soll dich einer übermangeln?«

»Hat Broth eine weiße, schnelle Yacht?«

»Spinn nicht, Jean«, sagte Diane und stand auf, »du siehst wirklich Gespenster.«

»Von wegen Gespenster«, knurrte Abel und begann sich fröstelnd anzuziehen. Er beobachtete, wie Diane sich zu Luc gesellte und mit einem Mann sprach, der gerade erst angekommen war. Fünfzig vielleicht, breite Schultern, griechisch wirkender Kopf. Er kam scheinbar öfter her und kannte Diane vom letzten Mal.

Abel sollte in Nizza Simone Pellegrini treffen, offiziell, dienstlich. Eigentlich am Nachmittag, aber sie hatte ihm am Strand ausrichten lassen, erst um halb sieben. Es war inzwischen fast sieben Uhr abends. Abel dachte, daß es eigentlich eine Zumutung sei, am 15. August bei den französischen Kollegen um Hilfe zu bitten, er hätte die Sache ja auch auf Montag verschieben können.

»Hallo!« rief Simone Pellegrini. Sie kam winkend die Treppe heruntergelaufen.

»Hallo.«

»Bei uns ist der Teufel los«, sagte sie, als sie vor Abel stand, »einfach der Teufel los. Seit heute morgen, na ja, du weißt ja ...«

»Was ist seit heute morgen?«

»Der Israeli.«

»Was?«

Simone Pellegrini erzählte mit wenigen Sätzen von dem Mord in Cannes. »Ich glaube, es ist ein deutscher Terrorist dabei gewesen. Kollegen von dir, von eurer Terrorfahndung kommen noch heute nacht.«

»Wie schön«, brummte Abel abwesend. Er mußte an Drechsler und dessen Theorie vom Fememord denken.

»Die Terroristen haben sich höchstwahrscheinlich schon länger hier aufgehalten«, sagte die Polizistin.

Abel nickte. »Habt ihr sie festgenommen?«

Simone schüttelte den Kopf und lächelte müde. »Nein, soweit sind wir noch lange nicht.«

»Du hast sicher keine Zeit mehr ...« Abel sah sie mit schräg geneigtem Kopf an.

»Wozu?«

Abel zögerte. »Für eine Legitimation.« Er berichtete von dem Appartement in Cannes. »Es reicht, wenn du mit der Wache telefonierst und einen Flic mitschickst.«

Sie blies mit schrägem Mund eine blonde Strähne aus der Stirn und sah auf die Uhr.

»In Cannes? Wenn du ein paar Minuten wartest, komme ich selbst mit.«

Abel nickte und setzte sich auf die Treppe. Es dauerte fast eine halbe Stunde, bis sie wieder mit schnellen Schritten herunterkam und kurz winkte. Ein schwarzer Peugeot wartete vor dem Portal. Mit Blaulicht und heiserem Martinshorn versuchte sich der Fahrer in den

Fahrzeugschlangen auf der RN 7 nach Cannes voranzukämpfen. Es war fast dunkel, als sie den Appartementblock erreichten. Der Concierge kam schon aus dem Eingang herausgehinkt, bevor das Martinshorn verstummt war.

»Voilà, hier ist der Schlüssel«, er winkte eifrig. »Tja, wenn man gewußt hätte ...«

In seiner Loge lag eine aufgeschlagene Abendzeitung. Er babbelte aufgeregt und humpelte, so schnell es ging, voran zum Aufzug. Simone Pellegrini, Abel und der Fahrer folgten schweigend. Im Aufzug erklärte der Alte, daß er im letzten Krieg einen Steckschuß im Bein abbekommen habe.

»Die Boches, es war ein Boche«, schimpfte er, klopfte sich mit dem Schlüsselbund an die Prothese und sah Abel verständnisheischend an.

Abel nickte und sagte grinsend: »Oui, les boches.« Er sah, daß Simone verlegen auf ihre Schuhspitzen starrte.

Ruskis Appartement lag zur Seeseite gleich neben dem Aufzug.

»Für drei Monate bezahlt«, sagte der Concierge, obwohl ihn keiner bisher gefragt hatte. Er schloß auf. Mit einem knappen »Stopp« bremste Simone den Alten, der maulend am Eingang stehenblieb.

»Schöne Bescherung.«

Abel hatte die Hände in die Seite gestemmt, breitbeinig stand er mitten im Wohnzimmer. Auf dem Sofa und dem Boden lagen wild durcheinander Koffer und Pappkisten, Taschen und Plastikbeutel. Es sah aus, als habe jemand hier gerade sein Gepäck abgeladen und sei nur kurz hinuntergegangen, um das Auto in die Garage zu fahren.

Simone schlängelte sich hinter dem Sofa entlang und betrachtete die Koffer, ohne etwas anzurühren. »Er kam nicht mehr zum Auspacken«, sagte sie.

»Oder er wollte nicht«, antwortete Abel. Er kniete nieder und zog die erste Reisetasche zu sich herüber, um den Inhalt zu prüfen.

»Nein.« Simone legte ihre Hand auf seine Schulter. »Das müssen wir systematisch machen lassen.«

Abel nickte. Sie ging hinaus, um die Spurensicherung anzurufen. Abel ging vorsichtig, die Hände auf dem Rücken, in der Wohnung herum. Mit dem Ellbogen öffnete er die Tür zum Schlafzimmer. Hier war fast nichts verändert. Nur in der Mitte des Bettes war eine Kuhle, der große Abdruck eines menschlichen Körpers. Auf dem Nachttisch lagen ein gebrauchtes Taschentuch und ein zerknülltes Stück Papier, so als habe der Schläfer vorm Zubettgehen noch die Taschen ausgeleert.

Im fiel das Wort Notar auf dem Papierfetzen auf. Er sah sich um und hob – Spurensicherung hin, Spurensicherung her – das Papier auf, faltete es auseinander und strich es glatt. Es war die Rechnung eines Notars in Bad Cannstatt. Für die Inverwahrungnahme eines Testaments erlaubte sich der Notar dreihundertsechsundfünzig Mark zu liquidieren. Abel hörte hinter sich die Stimme von Simone Pellegrini. Schnell steckte er das Papier in seine Tasche und schlenderte hinaus ins Wohnzimmer.

»Noch was gefunden?« fragte sie und kontrollierte noch einmal mit einem Blick die Gepäckstücke.

»Nein«, sagte Abel. »Nur ein altes Taschentuch auf dem Nachttisch und die Spur eines Schläfers im Bett.«

Ohne aufzusehen, sagte die Polizistin: »Dann müssen wir das Bad noch besonders gründlich absuchen lassen.«

Die Unterhaltung von Breitenbach und dem Roten mit Kobold verlief zunächst recht einseitig: Kobold schwieg. Also nahmen sie ihn in die Mitte, und der

Dealer folgte, weil er ein Messer in der Seite spürte. Kobold mußte in den VW einsteigen und wurde auf direktem Wege in Breitenbachs Wohnung verschleppt. Kaum hatte er die ersten Schritte in die Diele getan, da trat ihm der Rote von hinten in die Beine, so daß Kobold stürzte und mit dem Kopf gegen einen Türrahmen schlug. Breitenbach fuhr herum und versuchte den am Boden Liegenden ins Gesicht zu treten. Doch der wich geschickt aus, war schon wieder halb auf den Beinen und hätte um ein Haar noch einen Treffer landen können, aber der Rote war schneller. Mit inbrünstiger Wut droschen beide auf den Dealer-Kollegen ein. Sie hätten ihn fast erschlagen, wenn Breitenbach nicht zu sich gekommen wäre und den Roten zurückgerissen hätte. Keuchend zerrten sie ihr Opfer hoch und schleiften es in das Zimmer mit der großen Hi-Fi-Anlage. Blutend, verstruwwelt und mit zerrissenen Kleidern kam Kobold dort wieder zu sich.

»Noch mal«, begann der Rote mit zitternder Stimme, »von wem kam das ›H‹?«

Kobold fuhr sich durch die Haare und schwieg. Breitenbach, der vor ihm kauerte, holte mit der Hand aus.

»Ihr wißt doch, was passiert ...« keuchte Kobold tonlos und riß die Hände vor das Gesicht.

»Wer?« schrie Breitenbach und knallte die flache Hand an den Kopf seines Opfers.

»Die Türken«, flüsterte Kobold und verkroch sich weiter.

Es bedurfte noch einiger Schläge, bis heraus war, wo die Türken wohnten und wie sie sich nannten. Denn allein mit dem Hinweis auf Türken ist heutzutage im BTM-Geschäft nichts mehr gewonnen – Import und Distribution liegen immer mehr in den Händen türkischer »Geschäftsleute«. Und die Türken sind mächtig. Man fürchtet sie. Deswegen erhielt Kobold von seinen kurzzeitigen Gastgebern auch den überflüssigen Rat, ja das Maul zu halten, bevor er mit einem Tritt rausgeworfen wurde.

»Die Türken, das ist ein harter Brocken«, sagte der Rote und warf die Tür zu.

»Ich hab mir fast so was gedacht«, brummte Breitenbach und zündete sich eine Zigarette an.

Drechsler saß erschöpft mit hängenden Armen in seinem Stuhl und starrte auf die Aktenberge auf seiner Schreibtischplatte. Er nippte an einer Tasse kalten Kaffees. Die Abendsonne zog gelbrote Streifen über den Teppichboden im Zimmer. Gaus kam leise herein und setzte sich.

»Abel hat endlich angerufen.«

Drechsler nickte. »Und?«

»Sie haben Ruskis Wohnung gefunden. Das Gepäck ist wahllos verstreut auf dem Boden gelegen. Nix ausgepackt. Er scheint keine Zeit mehr gehabt zu haben.«

»Abel?«

»Nein, Ruski«, sagte Gaus milde. »Die Wohnung wurde untersucht, Spurensicherung ist auf dem Weg. Offenbar klappt es ganz gut mit den Franzosen da unten.«

»Meine Rede, Sie erinnern sich«, sagte Drechsler, dann tippt er auf ein Telex, das auf seinem Schreibtisch lag. »Frankreich wird ergiebig.«

Gaus nahm das Schreiben und überflog es. »Ein Zwischenbericht über weitere Zeugenvernehmungen mit zusätzlichen Hinweisen auf deutsche und palästinensische Terroristen.«

»Nit dumm.« Gaus kramte eine Pfeife aus der Hosentasche.

»Was?«

»Dort unten abzutauchen. Es sind Ferien, da is 'ne Menge los, dort unten.«

Drechsler stand auf und begann hin und her zu gehen.

»Fast tragisch«, sagte Gaus und verstreute Pfeifenasche über Drechslers Akten.

»Was?«

»Ruski haut hier ab und rennt denen da unten über den Weg.«

»Als er es merkt: kopflose Flucht?« Drechsler blieb stehen. »Die Befunde aus der Wohnung passen dazu. Die schicken einen hinterher, der verhört und erschießt Ruski hier in Stuttgart.«

Gaus schwieg und paffte Rauchringe Richtung Decke. Drechsler wanderte immer noch auf und ab und vermied es, auf die kürzer werdenden Sonnenflecken zu treten.

»Stimmt des denn?« fragte Gaus schließlich.

»Was?«

»Daß die extra jemand hinter dem Ruski, einer Randfigur, herschicken, wenn die den Israeli schon im Visier haben? Da braucht mer doch seine Leut. Komisch, gell?«

»Wenn es so war, dann mußte Ruski weg. Egal, ob er über den Freiburger Deal Bescheid wußte oder Wind von der Exekution bekommen hat. Dem Ruski trau ich alles zu. Einen Belastungszeugen, nee, nee, Gaus, den läßt man nicht einfach so durchflutschen; da gibt's ›Volksgericht‹.«

»Auch wahr«, nickte der Kommissar. »Vielleicht hat mer auch gerade ein Exempel gebraucht, kann sein – kann aber auch nicht sein.«

»Mensch, Gaus.« Drechsler blieb stehen und hob die Hände. »Wer soll's denn sonst gewesen sein, wer bringt sonst eine Ratte wie Ruski um? Wir sind doch nicht hysterisch, wir sehen keine Gespenster, Mann.«

»Ruski war ein Schwein. Er hatte viele ›gute Freunde‹, die alte Rechnungen mit ihm hatten, Krüger hat recht, mir sollte wirklich offener bleibe.«

»Aber doch nicht jetzt, Mann, die neuen Erkenntnisse aus Frankreich ...«

»Und die Rauschgiftgeschichte?« Gaus sah schräg zu seinem Chef hinüber, der schon wieder herumlief. »Frankreich ist doch wirklich im Hinblick auf Ruski reine Hypothese.«

»Heilandssakrament!« schrie Drechsler plötzlich und bekam einen roten Kopf. »Ich blick doch auch nicht mehr durch. Jeder mault und weiß es besser. Sie, der Krüger, dieser Leisetreter sowieso, alle anderen, nur keiner weiß, wie's war. ›Offen bleiben‹, jeder bleibt offen! Wir brauchen Resultate! ... Verflucht noch mal, es glaubt doch kein Mensch, daß die Franzosen auch nur einen Mauseschwanz von denen fangen. Die sind über alle Berge.«

»Und was ist jetzt mit der Freiburger Gruppe?« fragte Gaus ungerührt. »Ich hab doch noch zwei Leute dran.«

»Hopsnehmen lassen!« brüllte Drechsler und ging türenschlagend aufs Klo.

Es war fast dunkel, als Abel zum Strand zurückkam. Die kleinen Restaurants hatten schon geschlossen, Sonnenschirme und Liegen waren abgeräumt, die Boote auf den Sand hochgezogen und zusammengekettet. Alles, was Beine hatte, strebte in die festlich geschmückten Restaurants. Nur drei alte Männer spielten auf einer Sandbahn Petanque und diskutierten bedächtig die Abstände der silbernen Kugeln. Abel bremste und hupte, weil er den Barkeeper von der Strandbar gerade auf sein Moped steigen sah.

»He, wo ist Diane?« rief er.

»Comment?« Der Barkeeper ließ das Moped anlaufen.

»Diane, wo ist sie?«

»Ich glaube, mit dem Deutschen zusammen, aber ich weiß nicht genau.«

»Welchem Deutschen?«

»Er wohnt da vorne am Cap, unterhalb vom Leuchtturm.«

Na, das ist jetzt eine richtig präzise Beschreibung, dachte Abel. Wahrscheinlich war der Griechenkopf gemeint. Doppelt so alt wie Diane, aber es gab ja Mädchen, die auf reife Männer stehen.

Abel winkte und gab Gas. Er war wütend. Er wäre gern mit Simone essen gegangen, aber sie mußte arbeiten. Sie hatte ihre Hand leicht auf seinen Unterarm gelegt, als sie von Cannes mit dem Streifenwagen zurückfuhren.

»Morgen, wenn nichts passiert, aber heute, nein, es tut mir wirklich leid.«

Abel hatte den Satz noch in den Ohren. Er wußte, daß es stimmte, trotzdem ärgerte er sich. Und jetzt war Diane mit diesem Griechenkopf unterwegs. Abel überholte hupend vor einer Ampel die stehende Autokolonne. Hinten über den Bergen begann es zu blitzen. Verschwitzt und hungrig gelangte Abel in das Appartement.

»So, so«, sagte er laut und nahm einen Zettel hoch, der auf seinem Nachttisch lag.

»Hallo, Jean«, stand da, »ich bin zu einem guten Freund gezogen, vielen Dank für alles. Ich bleibe noch zwei Wochen. D.«

»Viel Vergnügen«, knurrte Abel und zerknüllte den Zettel. Nirgends war mehr eine Spur von Dianes Anwesenheit zu sehen. Abel öffnete zwei Schränke und Schubladen. Sein Zeug lag ungeordnet herum. Im Bad fehlten Seifen, Flacons und Tuben. Nur noch ein winziger Geruch war von Diane übriggeblieben.

Draußen schlugen die Laden in den aufkommenden Sturmböen. Ein Blitz zuckte durch die Nacht und zeichnete ein Sekundenbild von der staubtrockenen Landschaft. Der Jour de fête würde ins Wasser fallen, das geplante Galafeuerwerk durch ein natürliches ersetzt werden.

Abel setzte sich und zog die Notarrechnung aus der Tasche. Er las sie noch einmal durch und saß schließlich minutenlang reglos da. Endlich stand er auf und ging ins Bad. Erste Tropfen, die auf das Dach trommelten, verstärkten seinen Entschluß, am kommenden Morgen abzureisen.

Sonntag, 16. August

Schon Spätsommer in Freiburg. Die dunstig verschwommene Sonne warf unscharfe Schatten. Ein paar gelbe Blätter lagen bereits unter den Bäumen. Es war ruhig in der Vorstadtstraße, in der Breitenbach und der Rote lauerten. Aus einem offenen Fester drang sakrale Musik. Radiomesse. Küchengerüche zogen vorbei, man hörte eine Frau ihr Kind schimpfen. Die zwei standen seitlich in einer Nische neben dem Eingang einer Kneipe. Auf der Bierreklame über dem Eingang stand »Istanbul lokantasi«, an der Fassade blaß noch der alte Name: »Zur Linde«. Kein Baum weit und breit, nur Mauern und Asphalt. Die Rolladen waren heruntergelassen.

»Gehen wir einfach rein«, flüsterte der Rote, dem die Warterei auf die Nerven ging.

»Und wenn die Tür zu ist? Witzbold!«

Im selben Augenblick kam ein junger Mann mit einem Abfalleimer heraus. Er schloß eine Durchfahrt auf der anderen Seite auf und betrat den Hof. Der Dekkel einer Mülltonne klapperte.

»Los!« Breitenbach und der Rote sausten hinein. In der grauen, muffigen Dunkelheit des Schankraums erkannten sie unabgeräumte Tische, umgefallene Stühle, Wandschmuck in grellen Farben. Hinter der kleinen Theke ging eine Tür zur Küche. Von dort kamen Stimmen. Breitenbach schlich voran. Auch die Küche war leer. Ein kleines Fenster und eine Tür führten hinaus auf einen Hinterhof.

»Merhaba«, sagte jemand. Der Mann mit dem Mülleimer stand kaum einen Meter hinter ihnen. Er hatte jetzt einen Besen mit einem derben Stiel in der Hand.

»Iki eröenci, iki, müseri geldi«, rief er.

Die Gespräche draußen im Hof verstummten. Zwei Männer kamen herein. Ohne sichtbare Emotionen betrachteten sie die beiden Eindringlinge.

»Es ist geschlossen«, sagte der größere der beiden Türken auf deutsch. »Kommen Sie heute mittag wieder, dann ist auf.«

Er wollte sich schon umdrehen und wieder hinausgehen, da packte ihn sein Freund am Ärmel und flüsterte ihm etwas zu.

»Ach so ..., Konkurrenz.«

Er grinste, und Breitenbach fühlte den Besenstiel im Rücken. Sie folgten den beiden Türken hinaus in den Hinterhof, der durch Brandmauern begrenzt wurde. Zwischen zwei kümmerlich bepflanzten Blumenkübeln saßen vier Männer auf einfachen Holzstühlen. Vor ihnen stand ein Holzgestell mit einer Kupferplatte, darauf Teegläser und ein Samowar. Es roch nach Minze, Zigaretten und Knoblauch. Der Mann mit dem Besen schob Breitenbach und den Roten zu zwei leeren Stühlen hin. Es wurde halblaut türkisch gesprochen.

Genau gegenüber saß ein älterer Mann, so um die Sechzig. Er hatte einen dunklen Anzug an, Hemdkragen geschlossen, aber ohne Schlips. Seine grauen Haare waren kurz geschnitten. Ein faltiges dunkles Gesicht. Die Hände lagen im Schoß und spielten mit den Perlen eines türkischen Gebetskranzes. Niemand sprach jetzt.

»Willkommen«, sagte der Grauhaarige nach einiger Zeit und nickte mit dem Kopf.

Breitenbach und sein Freund blieben reglos sitzen.

»Was wollt ihr?«

Breitenbach streckte seinen krummen Rücken und räusperte sich.

»Unsere Ware, dann hau'n wir wieder ab.«

»Welche Ware?«

»Die jetzt so billig auf dem Markt ist und aus unserem Mercedes geklaut worden ist, nachdem euer Unternehmensberater bei uns war.«

Der Rote spuckte zornig vor sich auf den Boden, weil er gehört hatte, daß dies unter Türken eine schwere Beleidigung ist. Der ältere Mann hielt einen kurzen Augenblick den Gebetskranz unbeweglich zwischen den Fingern, dann ließ er die Perlen weitergleiten.

»Unternehmensberater?« fragte er in die Runde mit dem Besen und fügte einige Worte auf türkisch hinzu, die der Rote und Breitenbach nicht verstanden.

Man hörte, daß er verblüfft war. Der Alte sagte etwas auf türkisch. Und dann auf deutsch: »Wir kennen niemanden, der so heißt.«

»Ein Deutscher, vielleicht ein Meter fünfundachtzig, braune Haare.«

»Er hat gesagt, er kommt von uns?«

»Nein, aber er muß von euch gekommen sein.«

»So?«

Wieder eine kurze Diskussion auf türkisch. Breitenbach meinte, den Namen »Beck« zu hören.

»Wo sind deine Freunde?« fragte der Alte und sah Breitenbach gerade ist Gesicht.

»Draußen, die decken mit drei anderen den Rückzug«, log der Rote dazwischen und setzte hinzu: »Was ist mit Joachim Beck?«

Die Türken sahen sich gegenseitig an.

»Beck ist doch schon lange nicht mehr hier in der Stadt.« Ein kleiner Mann mit Sonnenbrille, der unmittelbar neben dem Alten saß, lächelte.

»Egal, wo ist der Stoff?« Kein überzeugendes Argument, doch Breitenbach streckte die flache Hand nach vorne, als wolle er ein Bakschisch.

»Was ist mit dem Stoff? Wir haben keinen, von euch nicht und von anderen nicht.«

Der Grauhaarige nahm mit spitzen Fingern ein Teeglas auf und schlürfte in kleinen Schlucken. »Ich kann da nicht helfen, vielleicht ein anderes Mal.«

Ein reibendes Geräusch kam hinten aus dem Schrankraum. Alle lauschten, dann sprachen die Türken wieder miteinander.

»Wir können euch auch hochgehen lassen, das kann ich dir sagen!« Der Rote ballte drohend die Faust. Der Alte setzte sein Teeglas ab und sah ihn ernst an.

»Du spuckst vor mir aus, obwohl wir euch nichts getan haben, du beleidigst mich und meine Familie. Und du drohst mir?«

»Wenn wir unseren Stoff zurückkriegen, ist alles vergessen, wenn nicht ...« Breitenbach kam nicht mehr dazu, den Satz zu vollenden, denn gerade war wieder ein Geräusch aus der Kneipe gekommen.

Jemand war an einen Tisch gestoßen. Ein Glas war umgefallen. Mit einem Sprung waren die beiden jüngeren Türken von vorne, der Mann mit dem Besen von hinten über die beiden Deutschen hergefallen. Zwar gelang es dem Roten, einem Angreifer in den Bauch zu treten, doch dann hatte man auch ihn gepackt. Die Teegläser fielen klirrend mit der Kupferplatte zu Boden. Ein paar Worte türkisch im Handgemenge, bis eine Stimme laut »Polizei!« dazwischenrief.

Kurze Zeit später standen die Türken, Breitenbach und der Rote einträchtig nebeneinander, die Hände hoch über dem Kopf an die Brandmauer gestützt und ließen sich von einem Greifkommando der Rauschgiftfahndung filzen.

Der Einsatzleiter war zufrieden und patrouillierte hinter den Festgenommenen im Hof auf und ab.

»Wir werden sehen, was los ist, wenn die Hunde kommen«, sagte er zu einem jungen Polizisten, der gerade vom Lehrgang gekommen war und immer noch vor Aufregung zitterte, weil er sich so vor seinem ersten Einsatz gegen die Rauschgiftmafia gefürchtet hatte.

Wegen der Federführung des Landeskriminalamts in diesem Fall waren Breitenbach und sein Freund sofort nach ihrer Festnahme nach Stuttgart gebracht worden. Da bislang noch niemand einen Haftbefehl gegen das Gespann beantragt hatte, mußte noch am Sonntag mit dem Verhör begonnen werden, damit der Staatsanwalt am Montagmorgen genügend Material für den Haftrichter hatte. Man rief sofort bei Drechsler an, als der Transport ankam.

»Nein, danke, kein Interesse«, sagte Drechsler, erst die Kollegen vom Rauschgift – oder nein, es wird ja auch wegen Tötungsdelikt ermittelt. Soll Gaus machen, Moment«, er unterbrach sich, überlegte kurz, »sagen Sie ihm, er soll nur vorsichtshalber kurz abklären, ich glaube ja nicht, daß ...« Er sprach nicht weiter.

»Was?« fragte der Beamte bei der Aufnahme, der

nach besten Kräften versucht hatte, die etwas konfusen Anweisungen des Oberkriminalrats mitzuschreiben.

»Ob für uns was zu erben ist, nur vorsichtshalber, ich meine ja nicht – und dann wieder zurück zu den Rauschgiftlern.«

»Okay, Ende«, sagte der Beamte von der Aufnahme und rief bei Gaus an, der mit seiner Freundin auf dem Balkon in der Sonne saß und Kaffee trank.

»So eine Granatenscheiße«, fauchte Gaus, als er aufgelegt hatte. »Irgendwann schmeiß ich dene de Bettel hie, verlaß dich drauf.«

Doch dann lachte er wieder, als er sah, wie seine Freundin traurig das Kaffeegeschirr abräumte. »Ich hätt halt sage solle, daß ich nit da bin.«

Verdrossen ging er sein Auto holen.

»Schwachsinn, so was.« Gaus maulte immer noch vor sich hin, als er sich mit Freiburg in Verbindung setzte, um zu hören, was eigentlich los sei, bevor er sich die zwei Kandidaten vornahm. Doch als er hörte, daß durch das – auch in Dealerkreisen etwas unkonventionelle – Eingreifen von Breitenbach und dem Roten und die dadurch ausgelöste Polizeiaktion mindestens zwölfhundert Gramm reines Heroin und ein paar Päckchen Kokain sichergestellt werden konnten, knurrte er ein versöhnliches »Doch ..., immerhin« in den Hörer.

»Die Türken schwitzen ganz schön«, sagte der Freiburger Kollege stolz, »ich muß wieder rein, weitermachen.«

»Viel Glück«, antwortete Gaus und legte auf. »Als erstes den Breitenbach«, rief er in den Gang hinaus.

»Kommt gleich«, sagte eine Stimme.

»Klar weiß ich, daß Beck tot ist.« Breitenbach sah unschuldig verwirrt zu dem Kommissar hinüber, der sich auf die Lehne seines Stuhls stützte – er hatte den

Stuhl umgedreht – und an seiner brodelnden und zischenden Pfeife sog.

»Seit wann?«

Breitenbach zuckte gelangweilt die Achseln.

»Seit wann?« wiederholte er.

»Zwei Wochen vielleicht.«

»Woher weißt du, daß Beck tot ist?«

»Was soll'n das?«

Gaus wartete einen Augenblick. »Du weißt, wir haben dich hier wegen Mordverdacht.«

»Mordverdacht?« Breitenbach war aufgesprungen. Er starrte fassungslos auf Gaus, der sich nicht rührte.

»Mordverdacht«, wiederholte er gelassen.

»Ich glaub, ich spinne.« Breitenbach lachte hysterisch. »Zuerst diese Idioten in Freiburg, die von Heroin schwafeln, und dann Mordverdacht! Wen soll ich denn umgelegt haben?«

»Den Beck.«

»Der Beck ist ausgezogen, nach Amerika ist der.«

»Ich denk, der ist tot, haste grad gesagt?«

»Kann man in Amerika nicht sterben?«

»Auch richtig. Aber woher weißte denn dann überhaupt, daß der Beck tot ist, aus der Zeitung?«

»Nein, weil man es mir gesagt hat, daher weiß ich, daß der Beck tot ist.«

»So. Wer hat das gesagt?«

Breitenbach setzte sich. Er atmete durch und ließ die Schultern wieder hängen.

»Hören Sie, zu uns ist neulich ein Typ gekommen, mittelgroß, breitschultrig, mit schwarzen Haaren, grauen Schläfen. Ein Beerdigungsunternehmer, im schwarzen Anzug und so. Der wollte die Sachen von Beck abholen, hat er behauptet, weil er auch den Nachlaß verwalten würde. Okay, und wir haben ihm gesagt, daß wir keinen Schlüssel haben und daß der Typ ausgezogen ist und nach Amerika und daß uns selbst interessiert ...« Breitenbach hielt inne.

»Was hat euch selbst interessiert?«

»Seit wann der tot ist und so«, sagte er lahm.

»Du lügst«, stellte Gaus fest. »Ich glaub vielleicht, daß du von dem Typ erst erfahren hast, daß der Beck gestorben ist, aber dich haben noch andere Sachen interessiert.«

Breitenbach starrte mißmutig auf den Fußboden. Gaus ging zur Tür und rief dem Wachmeister zu: »Ich kann den Typ nicht gebrauchen, bringen sie den anderen. Der hier muß gleich wieder zurück nach Freiburg, und den anderen könnt ihr, glaube ich, auch gleich mit verschuben.«

Der Wachmeister nickte, ließ die Handfesseln um Breitenbachs Gelenke zuschnappen und verschwand mit dem Gefangenen.

Montag, 17. August

Kühler Nieselregen, leichter Westwind. Abel zog den Kopf ein und trabte mißmutig gegen zehn zu seinem zweiten Ausbilder. Unten am Meer würde schon längst wieder die Sonne scheinen. Abel dachte an Diane und ihren Freund mit seinem Haus unterhalb des Leuchtturms am Cap d'Antibes und daran, wie man es anstellen könnte, die Sommer im Süden zu verbringen, ohne sich vorher zu schinden.

»Kommen Sie rein«, sagte Drechsler freundlich. »Kaffee?«

Abel nickte.

»Nicht schlecht, was Sie da an Arbeit geleistet haben. Ich habe ja immer gewußt, daß Sie okay sind, auch wenn mir Ihr Gerede über unsere Arbeit auf den Geist gegangen ist.«

Abel knurrte etwas Unverständliches und setzte sich, die Hände in den Taschen.

Drechsler fuhr sich mit den Fingern durch die Haare. »Jedenfalls sind wir weitergekommen.«

»Habt ihr den Täter?«

»Nein, selbstverständlich noch nicht.«

»Selbstverständlich?«

»Ja, selbstverständlich, weil unsere Fälle ein bißchen komplizierter liegen als in einem Fernsehkrimi. Wir arbeiten heute mit der EDV und nicht mit Kommissar Zufall.«

»Und warum seid ihr dann weiter?«

»Weil wir eine potentielle Tätergruppe ausschließen können, so wie es jetzt aussieht.«

»Wen?«

»Ihre speziellen Freunde aus Freiburg. Sie sitzen zwar in U-Haft, aber nur wegen BTM-Geschichten.«

»Warum sind die aus dem Schneider?«

»Unser wichtigster Anhaltspunkt war Ihre Beobachtung, daß die Freiburger Gruppe vom Tod Rusinskis informiert war – denn darüber stand ja nichts in der Zeitung.«

»Leuchtet mir ein«, sagte Abel trocken und nippte an seinem heißen Kaffee. »Wer hat die Jungs informiert? Einer von der Gaus-Truppe aus Schusseligkeit?«

»Nein, keiner von den Beamten, sondern ein Mann, der angeblich wegen des Nachlasses gekommen war.«

»Weswegen?«

»Angeblich wollte der Mann Ruskis Sachen abholen, ein Beerdigungsunternehmer oder so etwas ähnliches. Wir lassen das gerade checken, wer das gewesen sein könnte.«

Abel nahm die Hände aus der Tasche und setzte sich aufrecht hin.

»Wie sah dieser Mann aus?«

Drechsler zog eine Akte zu sich herüber, blätterte und las aus dem Vernehmungsprotokoll von Breitenbach vor: »Ich beschreibe den Mann als mittelgroß, breitschultrig, etwa achtundvierzig Jahre alt, gut gekleidet mit dunklem Anzug und Krawatte. Der Mann hatte schwarze, volle Haare, mittellang mit grauen Schläfen.«

Drechsler legte das Dossier wieder fort. »Wir lassen die Häftlinge gerade in Freiburg einschlägige Fotokarteien durchsuchen, insoweit sind die sehr kooperativ«, er strahlte, »wer will schon wegen Mord ...«

Abel malte mit dem Finger Kreise aus einem Kaffeeklecks auf der Tischplatte.

»Haben Sie 'ne Stunde Zeit für mich?«

»Wozu?«

»Damit ich Ihnen beweisen kann, wer Ruski erschossen hat.«

»Bitte?« Drechsler zog die Augenbrauen hoch und betrachtete Abel fassungslos.

»Gehen wir«, sagte der Referendar, stand auf und griff sich die Akte Rusinski.

»Moment, jetzt geht's nicht ...« Drechsler kam hinter dem Schreibtisch vor. Doch Abel war schon an der Tür.

»Wenn Sie nicht mitkommen, mach ich's allein«, sagte Abel.

»Gut«, Drechsler nickte, »ich muß nur noch meiner Sekretärin ...«

»Der Herr Notar ischt bei der Beurkundung und kann infolgedessen nicht gestört werden«, sagte die ältliche Bürovorsteherin streng und griff nach einem großen

Kalender, »wenn mir die Herre sagen wollet, in welcher Sache Sie kommet, dann gäb ich Ihne einen Termin beim Herrn Notar.«

»Kriminalpolizei«, sagte Drechsler grob und ließ seine Marke aus der Hand rutschen. Sie baumelte vor den Augen der Frau.

»Holen Sie bitte sofort Ihren Chef heraus.«

»Könnet Sie mir auch Ihren Ausweis zeigen?« fragte die Bürovorsteherin unbeeindruckt. Drechsler zog seine Legitimation heraus.

»Gut.« Sie zeigte auf die Tür, durch die die beiden Beamten hereingekommen waren. »Wenn Sie bitte draußen Platz nähme wollet, die Beurkundung isch gleich aus – und solange kann au die Polizei warten.«

Drechsler blieb stehen und sah auf die Frau hinunter. »Ich bin es nicht gewohnt ...«, begann er noch ruhig, doch Abel zog ihn am Arm hinaus.

»Forget it«, sagte er, »wenn er doch gleich kommt.«

Und tatsächlich, pünktlich, wie von einem württembergischen Notar zu erwarten, kam ein baumlanger, dicker Mann in das Wartezimmer gepoltert. Schweißtropfen standen auf seiner Glatze.

»Günter«, sagte er und machte mit dem Kopf einen Verbeugungsnicker. »Wenn Sie mir bitte folgen wollen.«

Drechsler und Abel standen auf und gingen hinter dem Notar durch eine gepolsterte Tür in ein spartanisch eingerichtetes Büro.

»Ihre Legitimation?«

Wieder wies sich Drechsler aus, bei Abel genügte der Personalausweis und der Hinweis Drechslers, daß der junge Mann Referendar zur Ausbildung sei.

»Und Sie wünschen?«

Abel faltete die Rechnung auseinander, die er in Ruskis letzter Wohnung gefunden hatte.

»Wir hätten gerne das bei Ihnen unter UR 178/79 verwahrte Testament eingesehen.«

Der Notar ließ seine Sekretärin das Schriftstück holen. Zwei Minuten später lag vor ihm ein verschlossener und versiegelter DIN-A4-Umschlag.

»Wenn Sie mir jetzt die Beschlagnahmeverfügung zeigen.«

Abel sah zu Drechsler hinüber und blätterte in der mitgebrachten Akte. »Der Erbfall ist eingetreten«, sagte er und lächelte den Notar an.

»Trotzdem, dann darf ich nur dem Nachlaßgericht gegenüber …, und das prüft erst das Ableben. Nein, ohne Beschlagnahmeverfügung werden wir da nicht weiterkommen …« Der Notar zuckte die Achseln.

Abel lächelte immer noch. Er schob die Akte aufgeschlagen über den Tisch.

»Das zunächst zum Ableben.«

Er hatte die Seite mit den Farbfotos aufgeschlagen. Vier säuberlich aufgeklebte Aufnahmen von der Leiche in verschiedenen Stadien der Obduktion. »Sie kennen Ihren Klienten ja von Angesicht zu Angesicht, oder?«

Der Notar schluckte und sah weg. Die Akte schob er schnell wieder über den Tisch. »Trotzdem«, sagte er.

»Wir holen uns die Beschlagnahmeverfügung«, sagte Drechsler wütend, weil er mehr Kooperation erwartet hatte. »Darauf können Sie sich verlassen.« Er stand auf. »Und dann …«

Abel blieb sitzen. »Kann es nicht sein, daß der Erblasser die Herausgabe des verwahrten Testaments an einen Dritten verfügt hat.«

Pflichtgemäß blätterte der Notar in seinen Papieren. »Sie haben recht«, sagte er ohne erkennbare Gemütsregung, »dieser Umschlag ist sofort an die Polizeibehörden auszufolgen. Hier steht's.«

»Also dann …« Drechsler hatte sich wieder gesetzt,

ein kurzer Seitenblick traf Abel. Der Notar nahm ein Übergabeprotokoll als Aktenvermerk auf und reichte dann den Umschlag zu Drechsler hinüber.

»Das hier«, der Oberkriminalrat zeigte im Hinausgehen auf den Umschlag, »geht sofort ins Labor.« Sie traten ins Freie.

»Nein, ich glaub nicht, daß das nötig ist.«

Obwohl Drechsler sich klar war, daß dies ein Kunstfehler erster Ordnung war, beeilte er sich, den Umschlag noch auf der Straße aufzureißen. Auch Kriminalräte können gelegentlich ihre berufsbedingte Neugier nicht zügeln.

»Handschriftlich«, sagte Drechsler später im Büro zu Gaus und hielt das Schriftstück an einem Ende mit der Pinzette hoch. »Lesen Sie mal vor.« Er legte das Papier vor Abel auf den Tisch.

»Freiburg, den 28. Juli 1979«, begann Abel. »Ich hoffe, daß ich tot bin, wenn dieser Brief in die Pfoten der Bullen fallen sollte. Denn mein eigenes Geständnis sollte mich möglichst nicht in den Knast bringen. – Ich schreibe diesen Satz nur wegen dem blöden Gefühl, das man hat, wenn man so einen Scheiß schreiben muß. Dieser Brief dient mir dann nur zur Rache, Rache an Dr. Siegfried Broth aus Reutlingen, der mich vielleicht umbringen wird. Der Grund dafür ist einfach: Ich erpresse Broth seit drei Monaten, und ich werde diese Milchkuh noch weitermelken. Broth und dieser Brief sind meine Lebensversicherung.

Als der Chefarzt, der Privatklinikinhaber Dr. Broth, auf der Szene auftauchte und alle vierzehn Tage größere Mengen abnahm, kam ich als erster mit ihm ins Geschäft. Er nannte natürlich nie seinen Namen, aber wie das so ist, man kümmert sich ja um seine Kunden, und ich bin ihm nachgefahren und habe so langsam mitgekriegt, was da läuft. Erst habe ich geglaubt, daß er das ›H‹ für seine Patienten braucht, bis mir sein Söhnchen Stefan über den Weg lief, elegant, verwöhnt und seit einem Jahr an der Nadel. Zwei Entziehungskuren hintereinander – ohne Erfolg. Der Bubi hat mir so nach und nach ein paar Geschichten quasi zum Nachtisch erzählt, weil ich ihm den Stoff für eine Extradosis gratis geliefert habe. Nach den erfolglosen Entziehungen hat Väterchen Chefarzt gesagt, ›nicht schlimm, mein Junge, du mußt es halt immer wieder probieren mit dem Aufhören. Die Hauptsache ist aber, daß du nicht krank wirst oder unter die Räder kommst, sozial abhängst‹. Also hat Väterchen Chefarzt dem Sohn selbst den Stoff besorgt: immer nur vom Besten, wie es der Kleine schon immer gewöhnt war, nur kein gestreckter Stoff, jedesmal selbst untersucht und dosiert und natürlich seinem Bengel auch selbst gespritzt wegen der häßlichen Stiche, die es sonst gibt. ›Es gibt Ärzte, die jahrzehntelang mit ihrer Morphiumsucht gelebt haben‹, hat Väterchen immer gesagt, ›man muß es nur vorsichtig und richtig machen.‹ Mediziner sind fürsorgliche Leute.

Mir war's recht. Klar war mir aber auch, daß ein Arzt in hohem Bogen aus seinem Beruf fliegt, wenn so was publik wird. Das war endlich meine richtig große Chance, und Broth kann zahlen, wie man sieht. Ich gebe den heißen Handel mit dem ›H‹ auf und verziehe mich dahin, wo's schön ist. Vorher nehme ich noch kurz ein paar Gewinne mit. Dieser Brief kommt in Stuttgart – und nicht hier in Freiburg – zu einem Notar. Und dann bin ich weg. Up, up n'away, stehe dann auch nicht mehr als Kronzeuge zur Verfügung. Keine Erinnerung mehr an die alten Tage. Sorry. Brauche mich auch nicht mehr zu fürchten, daß die alten Kumpels meine Spur aufnehmen.

Damit die Sache wasserdicht ist, lege ich dem Brief zwei Tonbandkassetten bei. Die eine enthält Aufnahmen von ein paar Gesprächen mit Broth junior, und auf der anderen hört man mich und Broth senior beim Deal. Ich weiß nicht, ob die Bullen was damit anfangen dürfen, denn Quittungen und Rechnungen gibt es in unserem Geschäft nicht. Wie ich aber das Bullenpack kenne, drehen die daraus sogar einem Chefarzt einen Strick. Außerdem ist das Jungchen da und die neuen Dealer, die Broth aufreißen muß.

Ich bin sicher, daß ich diesen Brief und die Tonbänder einmal in zwanzig Jahren beim Notar abhole, in feinem Zeug, Geschäftsmann vom Scheitel bis zur Sohle und nicht mehr Dealer, Knasti, Verräter oder Zeuge. Über das alles werde ich dann lachen und nobel über Jugendsünden den Kopf schütteln und dann den ganzen Scheiß im offenen Kamin verbrennen, ohne mir die Hände schmutzig zu machen. Bis dann. Kurt Rusinski.«

Abel setzte ab und sah die beiden Polizisten an.

Drechsler sagte nachdenklich: »Hab ich alles immer schon gesagt. Und keiner war hysterisch, alle waren ganz kühl und überlegt. Von wegen Fememord!«

Abel legte den Kopf schräg und lächelte, ohne daß er zynisch wirkte.

Nach einer Pause fuhr Drechsler fort: »Könnte ich jetzt sagen – ich sag's aber nicht.«

Sie schwiegen. »Manchmal ist es doch ein Scheißjob – und trotzdem ...« fuhr Drechsler fort und sah zum Porsche-Kalender hinüber. Abel zuckte mit den Schultern.

Gaus stand auf. »Das Übliche?« fragte er.

»Ja, Tonbänder untersuchen lassen, Schriftproben vergleichen, Broth und Sohn observieren lassen, hopsnehmen. Dann, wenn's wasserdicht ist, Pressekonferenz.«

Abel stand auf. »Tschau«, sagte er im Hinausgehen und hob leicht die Hand, »ein Tip fur's Observieren: Broth fährt 'nen blauen Daimler.«

Als Abel gegangen war, holte Drechsler aus seinem Schreibtisch die Akte mit der Aufschrift »Abel, Jean«, darin jene alte Vorstrafe aus der wilden Zeit 68/69 wegen »Landfriedensbruchs u. a.«. Nachdenklich studierte er seinen Vermerk vom 7. August, den er angefügt hatte: »Unauffällig, ohne Erkenntnisse«. Er überlegte, ob es einen Sinn machte, einen weiteren Vermerk über den Referendar zu schreiben. Er entschied sich dafür, das verblichene Dossier durch den Reißwolf laufen zu lassen. Falls eine Anfrage vom Landesamt..., nein, Drechsler war Manns genug, sich etwas einfallen zu lassen.

»Nä, der Abel.« Staatsanwalt Luther, dunkler Anzug, weißes Hemd, Fliege, eilte mit der fein gefalteten Robe über dem Arm um seinen Schreibtisch herum und drückte Abel die Hand zusammen. »Dat ich Sie wiedersehe, nä. Ich hab schon gedacht, daß sie bei den Terrorfritzen bleiben.«

Abel, der mit Drechslers Duldung eigenmächtig ein paar Tage zusätzlich zur Erholung beim LKA hatte verstreichen lassen, bevor er sich zurückgemeldet hatte, lächelte entschuldigend und wollte sich setzen.

»Nix da, keine Zeit«, Luther scheuchte ihn mit einer Handbewegung wieder auf, »ich muß in die Verhandlung, Sitzungsdienst.« Er zupfte an seiner Seidenfliege.

»Viel Erfolg«, sagte Abel und stand schnell wieder auf. »Ich komm dann nächste Woche.«

Luther blieb stehen und sah Abel nachdenklich an. »Besser morgen, Freitag.«

Abels Miene verfinsterte sich. »Morgen hab ich keine Zeit.«

»Jeder muß für sein Geld hart arbeiten«, sagte Luther, der es ja wissen mußte. »Was haben Sie eigentlich bei dem Drechsler gemacht, weil Sie so erholt aussehen, Mann?«

»Das war dienstlich.«

»Aha, dienstlich.« Luther gab ihm mit ausgestrecktem Arm einen Schlag auf die Schulter, dann griff er nach der einzigen Akte, die auf dem Tisch lag. Er drückte sie Abel in die Hand. »Und dann bringen Se mir gleich mal den Entwurf für 'ne Anklageschrift mit. Gegen einen gewissen Dr. Broth, heikle Sache, woll, der Beschuldigte ist Chefarzt, gute, teure Verteidiger. Dat muß alles hieb- und stichfest sein, verstehen Se, Indem-Satz mit allen Schikanen will ich lesen. Na ja, Sie kennen ja den Fall von der Peripherie her. Mord zum Nachteil von K. Rusinski. Oder hat Sie der Drechsler in der Sache weiter eingewiesen?«

»Nein«, sagte Abel wahrheitsgemäß.

SERIE PIPER

Marie T. Loy

Mäuschen, deine Schwester ist tot!

Kriminalroman aus Wien.
189 Seiten. SP 5657

Silvester in Wien – während in der Oper die Champagner-Arie erklingt und sich die ganze Stadt im Walzertakt dreht, verliert Anna Pedrini den Boden unter den Füßen. Anna, demnächst fünfzig, geschieden und Starfotografin, wurde an diesem Abend nicht nur von ihrem Liebhaber gedemütigt, ihr ist außerdem hundeelend und sie spürt einen Messerstich im Rücken. Während der Ereignisse der nächsten Tage verliert sie Schritt für Schritt alle Sicherheiten ihres gut eingerichteten Lebens und findet sich plötzlich auf unheilvolle Weise in neonazistische Umtriebe verstrickt: Brutale Skinheads, Wehrsportgruppen, dubiose Staatspolizisten und Herrschaften aus der besseren Gesellschaft stürzen Anna in große Verwirrung. Abgründe, von denen sie nichts gewußt hat, tun sich in ihrer unmittelbaren Umgebung auf. Und sie bezahlt einen sehr hohen Preis, bis sie Freund und Feind unterscheiden kann.

Häschen in der Grube

Kriminalroman aus Wien.
240 Seiten. SP 5663

Margie, fünfzig, von ihrem erfolgreichen Mann Erich getrennt, ist privat und beruflich ziemlich am Nullpunkt: zuviel Alkohol und Einsamkeit, zu wenig Liebe und Geld. Da laufen ihr zwei unterschiedliche Menschen aus der Vergangenheit über den Weg: Anna Pedrini, ihre Feundin und Helferin in der Not, und überflüssigerweise der arrogante Henry, Politiker und Freund ihres Ex-Manns. Zudem schneit ihr Schwiegersohn herein und offenbart einen Erpressungsplan: Erich und Henry sollen wegen kompromittierender Fotos bezahlen, eine Männerliebe, die auch Margies Trennungsgrund war. Als Henry zum österreichischen Innenminister berufen wird, überstürzen sich die Ereignisse und Todesfälle rund um Margie.

»Sehr spannend und dicht geschrieben ist der zweite Krimi der Tirolerin Marie T. Loy. Es handelt sich um ein Verwirrspiel zwischen Politik, Wirtschaft und einem geheimnisumwitterten Männerbund, in dessen mörderische Intrigen die 50jährige Heldin Margie gerät.«
Welt der Frau

SERIE PIPER

Richard Hey

Engelmacher & Co.

Kriminalroman. 188 Seiten. SP 5559

Ein totes Mädchen in einer Abbruchvilla am Wannsee bringt Katharina Ledermacher gleich auf zwei Spuren: Sie führen zu einem kriminellen Abtreibungsunternehmen und einer großangelegten Bauspekulation.

»Kein Zweifel: Die Wahrheit von Heys Kriminalgeschichten sind nicht nur Krimi-Fiktionen, sondern Bilder unserer gesellschaftlichen Realität.«

Deutsches Allgemeines Sonntagsblatt

Feuer unter den Füßen

Kriminalroman. 123 Seiten. SP 5561

Autohändler und Hobbyjäger Löbert wird in seinem eigenen Revier zum Jagdwild. Der Blattschuß stammt aus der Büchse des heißblütigen Sizilianers Turiddu – sagt Löbert. Doch als Turridu und seine Lebensgefährtin tot aufgefunden werden, beginnt Oberkommissarin Buchmüller Löberts Version von der Männerfeindschaft zu bezweifeln.

»Wenn der deutsche Kriminalroman heute einen guten Ruf genießt, dann nicht zuletzt wegen Richard Hey.«

Frankfurter Allgemeine Zeitung

Die Löwenbändigerin

und andere Geschichten. 211 Seiten. SP 5635

Eine Wiederbegegnung mit der unvergessenen Katharina Ledermacher, der Heldin in drei seiner Kriminalromane, ermöglicht Richard Hey in diesen spannenden und hintergründigen Kriminalstories. Nachdem sie den Polizeidienst quittiert hat, ist sie als Privatdetektivin tätig, wo sie mit äußerst verqueren Klienten zu tun hat.

Ohne Geld singt der Blinde nicht

Kriminalroman. 319 Seiten. SP 5560

Am Ufer des Teltow-Kanals findet man einen Beamten des West-Berliner Rauschgiftdezernats. Erschossen. Ein Chemieprofessor, erst kurz in West-Berlin, wird mit eingeschlagenem Schädel an den Strand eines kleinen Badeortes in Italien getrieben. Oberkommissarin Katharina Ledermacher erhält den heiklen Auftrag, während eines Urlaubs in dem ligurischen Badeort inoffiziell und unauffällig nachzuforschen.

Sara Paretsky

Blood Shot
Ein Vic-Warshawski-Kriminalroman. Aus dem Amerikanischen von Anette Grube. 352 Seiten. SP 5589

Brandstifter
Ein Vic-Warshawski-Kriminalroman. Aus dem Amerikanischen von Dietlind Kaiser. 410 Seiten. SP 5625

Deadlock
Ein Vic-Warshawski-Kriminalroman. Aus dem Amerikanischen von Katja Münch. 246 Seiten. SP 5512

Engel im Schacht
Ein Vic-Warshawski-Kriminalroman. Aus dem Amerikanischen von Sonja Hauser. 476 Seiten. SP 5653

Fromme Wünsche
Ein Vic-Warshawski-Kriminalroman. Aus dem Amerikanischen von Katja Münch. 227 Seiten. SP 5517

»Mit Scharfsinn und hervorragenden Kenntnissen in der Wirtschaftskriminalität rollt sie, allein gegen die Mafia, den schmutzigen Chicagoer Aktienskandal auf und bietet durchaus all das, was auch Männern Spaß macht.«

Der Spiegel

Schadenersatz
Ein Vic-Warshawski-Kriminalroman. Aus dem Amerikanischen von Uta Münch. 272 Seiten. SP 5507

»In der neuen amerikanischen Krimiszene ein Superstar!«

Der Spiegel

Tödliche Therapie
Ein Vic-Warshawski-Kriminalroman. Aus dem Amerikanischen von Anette Grube. 255 Seiten. SP 5535

Windy City Blues
Vic-Warshawski-Kriminalgeschichten. Aus dem Amerikanischen von Sonja Hauser, Renate Kunze und Vera Mansfeldt. 287 Seiten. SP 5650

Hände hoch, Kleiner!
14 exklusive Kriminalgeschichten. Herausgegeben von Sara Paretsky. Übersetzt von Sonja Hauser, Sylvia List und Michael Hofmann. 278 Seiten. SP 5651

Sister in Crime
Herausgegeben von Sara Paretsky. Kriminalstories. 246 Seiten. SP 5602

Vic Warshawskis starke Schwestern
Herausgegeben von Sara Paretsky. Kriminalstories. 238 Seiten. SP 5601